群島

胡晴舫

目次

我該從哪裡開始。故事可以從任何一個點開始。「我」，這個敘述者，也可以是任何人。在古典的小說世界，「我」是作者創造出來的角色；網路的虛擬宇宙裡，「我」是作者啟動的一個假帳號。你不認識「我」，然而，你將認識「我」，因為「我」將成為這個故事的敘述者。隱身於假帳號的作者設定了「我」是這本小說的作者，而不是她。「我」才是登錄帳號、貼了頭像、開地球文的那個人。你將認識的作者，是「我」。

作者的手指在鍵盤敲下第一個句子，你的手指滑開閱讀器的面板（就像你曾經翻開紙本的書頁），「我」開口說第一句話，嶄新的頁面亮了起來，好似一條腹部銀白的飛魚，突然躍出浩瀚無垠的深藍海洋，魚身閃耀光亮的鱗片，如閃亮流星般劃過你和我的瞳孔，立即攫取了我們的注意力，出現在眼前的是一個骨架纖細、膚質凝脂的年輕女性叫莉蓮，她站在公寓中，黑髮，小而巧的鼻梁，碎花紫襯衫，車黃線的深藍牛仔褲，帶高跟的棕色短靴，畫眼線、夾睫毛，嘴唇塗了薄薄的亮彩護唇膏，正踮起腳。

就從這裡開始。

且讓這個故事從無生有，由黑暗中浮現。一秒之前，不存在；一秒之後，不僅出世，而且彷彿存在已久，我描述的事情全部是真的。

莉蓮，她站在自己的腳尖上，吃力地伸長手臂，要從衣櫥頂端取下一頂駝色寬邊呢帽。憲宏不斷傳簡訊來，她急著出門。

說是公寓，其實只是一間附帶簡單衛浴的八坪大房間，台北市捷運朝南跑，最後一站，幾叢公寓蓋得歪七扭八，像一口長壞了的牙齒，留下不多空隙當巷弄，一輛車子開進來都嫌侷促。她的租處就在最邊間靠山那棟公寓的頂樓，爬上七樓，接著再上一層，推開整棟大樓的公共逃生門，走過水泥磚不平的灰色地面，小房間就在那裡，工法草率，四面貼滿白色瓷磚，鐵皮頂，拉過兩條電線，像間公共廁所，顯然由房東自行加蓋，說不定違法。房東千叮萬囑她馬桶容易堵塞，千萬小心，禁止她煮飯，頂多用電器燒燒水，泡泡茶或咖啡還行。她認為自己還算幸運，因為房租夠低，頭一次她負擔得起沒有室友，出入獨立，相對隱私。二十七歲了，她終於感覺像個擁有私生活的成人。這一帶正好地勢較高，打開窗口，她就能飽覽城市的全景。

她住進來，馬上自拍。一片扁平的灰海，全是加蓋的鐵皮屋。全台北的建築都像是背了鐵盾甲，藍空再明亮，也無法反映陽光的雀躍。

「這是我的窗口。」她上載照片，附註。隨即一堆網友留言，喔，好美噢。整座城市都在妳腳下。真羨慕。她早拍一張，晚拍一張，持續一百天，記錄這座城市的晨昏，這系列照片網友喜歡得不得了。自稱凱撒大帝的網友留話，希望有一天能有機會與妳並肩站在全世界的屋頂。

憲宏皺眉問這個人到底是誰，老第一個按讚，他有沒有自己的生活，成天掛在網上，不做其他事。她聳聳肩，她也不認識。

「妳讓陌生人窺視妳的私生活？」憲宏不可思議。

「那只是個窗口。」但她上傳的照片不只窗口，還有朋友聚會、購物戰績、閱讀清單、旅遊景點、電影票根，四處吃飯打卡，而且每張照片都有她自己。

「妳不怕他憑照片找到妳的住處？」

「我這間房就在網路上找的。網上還有當初招租的照片呢，全世界都看得到我家。」

「現在外頭瘋子那麼多。」

「阿宅不代表是瘋子。」

「他叫他自己凱撒大帝，我看是夠瘋了。」憲宏嘀咕。

她取出那頂帽子，斜戴在右額上。天氣並不冷，但她待會要去跟瓊瓊她們喝一杯，那是間潮店，她想看起來時髦。她進了宛如飛機洗手間的浴室，對鏡調整帽子，出來，自拍。

臉書留言如海面泡沫浮上來，美女，仙女，女神，妳這樣犯法喔，一堆驚嘆號、紅心圖案。凱撒大帝留言，妳可以不可以停止美麗，我知道很難，為了我這顆衰弱的心臟，請妳試著不要這麼美，妳這名謀殺犯。

她微笑。手機螢幕亮了一下。又是憲宏發來的簡訊。她的朋友都用社群軟體，只有憲宏還在發簡訊。憲宏拒上社群媒體，為了加入她的網路社群，不得不使用，但他從不參與討論，自己也不發文，找她還是發簡訊。簡訊老派，不免笨重，憲宏發起簡訊總是一條接一條，好像遠方天邊在打雷，轟隆隆，只覺得吵，妳在家吧，我想妳了，別出門，我帶晚餐來，等我，妳在哪裡，為什麼不回話。她趁光亮消失前，瞄了一眼憲宏的問句，將手機收進大衣口袋，掛上耳機，背起袋子，帶上門。

自從她搬進了這間頂樓加蓋，憲宏幾乎天天來。房間太小，房東給了她一張單人床，一個小櫃子，一張小桌子和一把椅，她住了四個月，床上床下已堆滿衣服書籍，幾乎沒有走路的空間，更容不下兩人同時活動，她站在桌子前手沖咖啡，他就坐在床上，像小男孩仰頭看著媽媽一樣跟她說話，而他坐下來之前，還得先把床上高高的衣衫塚，牛仔褲、大衣、運動衫、胸罩、內褲等等，先小心翼翼移到椅子去，騰出床面才有得坐。晚上兩人擠在她的單人床上，背靠著牆，用她的十三吋電腦看片子。他總拎來啤酒滷味，吃剩了從來不收拾，擱在床底下過夜，有時候忘了幾天，還會長蟑螂。她想要房東至少裝台空調，他嗤之以鼻，說頂樓加蓋就該這般滋味，冬日冰箱，夏天暖爐，日子寒愴而淒涼，他緊緊摟住她，用懷念的語調說，喔，當年唸大學就這樣子，每個離家求學的男孩都住在台北市頂樓加蓋，都有個女友當他馴養的貓，寂寞的夜裡，靜靜窩在他身旁，用她柔軟的身子撫慰男孩思家的心情。台北的頂樓加蓋如同巴黎灰色屋頂上的女傭房，迷你，幽靜，躲開了眾人的視線，遺世獨立，情人飄浮在城市上空，忘我溫存。

莉蓮的頂樓加蓋，既小又窄，像間衣櫥，對憲宏來說，那是魔法衣櫥，只要打開門走進去，立刻遁入奇幻空間。不用離開這座城市，只要登高，搭七樓電梯，再爬一層，光線已豁然明亮，空氣清新，微風溼潤拂面，那已是另一個迥異的時空。雖然他上來時總是氣喘吁吁，他的神情愉快，雙眸閃耀，面頰紅潤，他看上去幾乎是青春的。

躲到莉蓮的頂樓加蓋，他就暫時逃開了他的現實。他的現實就是他腳下的城市，每條街道，每棟建物，每間辦公室，每家餐廳，每座公園，每張報紙，每台電視，每張臉，每句話，每道車鳴，都在擠壓他，質詢他，壓榨他，逼得他無處可逃。他住在一百五十坪豪宅，背對象山，面對台北101，四間臥房、三套衛浴、兩間客廳，廚房寬敞，飯廳擺了十二人桌，足以夜夜筵席，他卻在家裡一刻也待不住。城裡幾乎每個人都認識他，他也認識每個人，他卻嫌他們個個虛情假意，毫無真心，沒有真正的友情，只有一條社交梯子擠滿了人，下面的人想把上面的人拉下來，上面的人想把下面的人踢下去。窮的想要有錢，有錢的想要更有錢，有名的想要用名賺錢，有權的想要用權搞錢，錢錢錢，什麼人都要錢。他寧可懸空坐在莉蓮的頂樓加蓋，回到年輕時代的窮，當時他什麼都沒有，卻自我感覺富足得不得了。

他告訴莉蓮，「我什麼都沒有，就有理想。不是對社會，而是對自己。我對自己有理想。我深信自己會做出一番轟動的事業。」

他果然幹出一番轟動的事業，讓他有間位居城中精華區的豪宅供他百般聊賴，身陷權貴圈子抱怨出不來，今天北京明天柏林後天紐約地飛，美酒佳肴吃到牙酸反胃，車子朋友情人房產股票公司榮耀，他什麼都有了，卻失掉了自己，他只有跑到莉蓮的頂樓加蓋來，才能找回一點自己。

「狗屁。」莉蓮翻了個大白眼。

她問憲宏可不可再陳腔濫調一點，「你要當那個腰纏萬貫可是年老力衰到了要喝紅酒才能勃起的中年大叔，別拉我下水當那個貧窮柔弱但純潔性感的年輕情婦。」

頂樓加蓋不是莉蓮的魔法衣櫥，而是她的現實。莉蓮每天起床，現實就像四面牆，向她逼近，令她窒息，她只想跳下床，盡速逃離這個棺材似的小房間。頂樓加蓋底下的城市是憲宏唾棄不屑的現實，卻是莉蓮之所以願意棲身頂樓加蓋的原因，因為她還想留在這裡，靠近下面那些擁擠污穢的街道。

「因為妳有理想，對自己有理想。」憲宏眨眼。

她翻了另一個白眼。憲宏哈哈大笑。讓她不斷羞辱他，對他的一切冷嘲熱諷，是他們調情的方式。他們的關係從一開始就如此不對等。彷彿她口頭上越貶低他的觀點，越踐踏他的價值，她越能證明她的青春勝過他的智慧，她尚未受污染的純真高過他全部加總起來的人生經驗，她的世代比他的世代更聰明更自由，更懂世界是怎麼一回事。她證明他們之間至少是平等的，因為她雖然只有二十七歲，她卻能隨心所欲羞辱這個五十六歲的男人。甚至，她略勝一籌，因為時間站在她這一邊。她的人生還不夠長到足以留下污點，就算犯了錯，她還有時間可以彌補。畢竟她離老朽仍遠，他卻已經必須思考不朽的意義了。

莉蓮邊聽音樂邊沿著歪掉了的巷子走往地鐵站，手機再度震動了一下。瓊瓊他們在等她喝酒，她實在不想理會憲宏，然而她的指頭反射性地把手機從口袋掏出來。

「人在台北。」四個字。不是李憲宏。

她的呼吸停住。腳步也停了。她眼前又出現那天的日出。他們坐在國父紀念館的草地聊了一夜，快天亮時，臨時起意去走一條古道，據說能從台北一路到金山，古早魚販每天從漁港送新鮮漁獲穿過草嶺進城販賣的小徑。走到一半，天已大光，又累又渴，藍天壯麗，高草颯颯，大風呼呼吹雲跑。他們一到大路上就攔車。中午回到了台北，疲倦地連搖手再見的氣力都沒有，就各自回家了。那張笑臉，那雙炯炯燃燒的眼眸，泛白嘴唇全裂了，瘦長的竹竿子腿，那麼熱的天，還裹在深色牛仔褲裡。她一路逆風跟他說話，隔天嗓子都啞了。

又一條簡訊進來，憲宏的，把莉蓮拉回台北市南邊的這條巷子。她續行，進了捷運站，站在月台上，列車來了一輛，她沒上。她在回訊。

「待多久？」她寄了出去。

等她轉車，到了瓊瓊他們約的店，對方再沒回信。

她正要進去找瓊瓊，突然，訊息提示聲響了。嗶。

只有一行字。

停止。莉蓮轉過身來，瞪著我。

請你停止寫我。她的手護住手機螢幕，不讓我看那個筆畫少於憲宏的名字。

她一揮手，打掉我的視線。雖然我知道誰傳訊給她，從哪裡傳給她，為何憲宏冗長而充滿綿密愛意的訊息令她心煩，這條短得不能再短的一行字卻加速她心跳。她還是遮住那行字，不讓我吐露那個名字，也就是不讓讀者你知道。她堅持我沒資格代她暴露這項細節。

小說裡角色沒有隱私。實情是無論小說家如何創造了一個受限的視角，他還是處於全知的位置，他知道每一個角色的動機，他因而設定了每一句話背後的意義，他只是故意不講，慢慢、慢慢揭露畫面，讓話語響起、手勢起落，讀者就像是一名被他用手遮蔽雙眼進入一個不知名的房間，只能用感官去猜測周圍事物的變化，直到最後一刻，也就是最後一頁，他才拿開雙手，讓讀者親眼看見整間屋子的全貌。

但莉蓮不吃這一套。不是她不相信小說故布疑陣的樂趣，而是她不認為這個世上誰能代表其他人發言，因為沒有誰真的瞭解誰。即使她是作者腦中創造出來的角色，作者也不真的懂她，就像天底下的父母不見得瞭解自己的孩子。

現在，她冷著一張臉，像名叛逆青少女，對著我說，請停止寫我。你沒有資格寫我。你跟你的世界皆已經腐朽，你資訊嚴重落後，知道的東西太少，我一天得到的訊息量相當於你二十年的訊息量，你是活在地面上的舊人類，我是活在雲端的新人類，你這個古代人怎麼可能理解我這個現代人，怎麼有能力寫我的世界。你的讀者若要瞭解我，他們只要直接上網，跟隨我的動態，看我拍的照片，讀我貼的文字，關於我，讀者可以擁有第一手資訊，何必透過你這個差勁的仲介。

我向我的角色解釋，寫作是一門技藝，小說家的職責是觀察人性。

就像手沖黑白照片才叫藝術？莉蓮對我嗤之以鼻。我的手機就能拍出很好的照片，表達千言萬語。藝術，是一種存在方式。就像詩人是一種生活風格。我不寫詩，而是我卻活得比任何詩人更波西米亞。我比詩人更詩人。不信，你上網看看。

我一時無話可說。莉蓮不需要小說家替她虛構一個身分，她自己虛構了自己。不信，你上網看看。證明一個角色的存在，已經不是透過紙頁還是圖書館，而是網路。而網路的一望無際，其實就像大海，你最後什麼細節都看不見，尤其豔陽高照時，縱使你瞇緊眼皮，努力望遠，終究只能望見一條細細的海平線。一般人很少下海去撈，他們懶洋洋躺在船板上，等著有人潛水直接丟上船來給他們，一條魚、一顆珍珠、一枝珊瑚、一把海草，各式網站、各個臉書、素人名人，都在拚命往社會這條大船上丟懶人包。

我無可奈何，只好對莉蓮說，那麼，小說家能拿故事編織人性的懶人包嗎？

但這是我的故事，理應由我來說。莉蓮拿她兩隻閃爍如火的黑眼睛悯視我。我喜歡我的角色擁有一雙強勢的眼睛，不知道為什麼。

「停止。」嘿，莉蓮用兩根指頭彈出清脆的響聲，要我注意。

「別走神，聽著，我不是你創造出來的人。你不是佛蘭根斯坦，我不是你的怪物。單憑你從記憶大海打撈出來的破銅爛鐵，是拼湊不出來我這個活生生的人。你看待事物已有刻板觀點，形成自己的偏執，自以為對世界有一套深刻的理論。你說你關心我，對我好奇，其實你只是想藉由我來驗證你的看法。但我不服從。我不任你擺布。無論你想說什麼，那是你的價值觀，可不是我的。你對我有意見，你想要用小說教訓我，把我寫成一則道德寓言，嗯，作夢。你號稱寫作之人，以為你在觀察人性，但，你只不過是一名下流的偷窺者。你偷竊了別人的生命，假裝是你自己的想像力，你扮腔別人的說話語氣，以為那是自己發明出來的聲音，你比網路上那些每天潛水觀察我一舉一動的變態網友好不到哪裡去。你們都是沒有生活的人，踮腳尖趴在別人家籬笆上，竊視別人屋子裡的活動，僅憑零星印象，說三道四，妄下斷語。這是我的故事。我的。你要故事，寫你自己的事。」

莉蓮令我一時無話可說。唉，難道除了新聞報導和偽裝成小說的私人日記，其他文類皆已退了流行？

「不是退了流行，而是失去了功能，再也無力準確描述這個世界。」所以，一個人除了寫自己，再也不能寫別人？我頹喪。

莉蓮對我聳聳肩，轉身，推門找瓊瓊他們喝酒。

莉蓮不讓我寫她，但我仍可以寫李憲宏，那個對他來說手機仍只是一具移動電話的男人。他屬於上世紀，仍然相信小說是一門藝術的時代。此刻他就坐在莉蓮即將進入的餐廳裡。

莉蓮進去，稍微張望，瓊瓊一群人十來個，坐在後頭靠洗手間的大圓桌。她一眼瞥見憲宏，雖然他染黑了髮，臉皮不皺，體形精瘦，夾在笑容輕盈的年輕人中間，他的輪廓硬是顯眼些，皮膚搓了時間的鹽，刻深了五官的陰影，臉部失去柔和線條，即便他正溫柔地淺笑，卻不知為何讓人覺得淡淡哀傷，彷彿生命的重量正沉沉壓在他心頭，想來正是所謂歲月的風霜。

他的雙眼瞥見莉蓮的身影，馬上像路燈突然點亮般放光。

他整個下午找不到莉蓮。只見莉蓮臉書不斷更新動態，但她沒接他電話也不回他簡訊。傍晚，瓊瓊來敲他辦公室的門，問他還有沒有事，她有聚會，得準時下班。他隨口問，什麼聚會。果不其然，瓊瓊立刻央他晚上沒事就一起去。他臉露不置可否，任瓊瓊搖身五歲女孩，扭著身子用鼻音哀求他，來嘛來嘛。

他不介意跟年輕人混，年輕人還算喜歡他。像他這類社會名人，年輕人要的不多，只要一點點注意力就好了。與他在街上擦肩而過，來自於他的一句稱讚，坐下來喝過一杯酒，空泛聊幾句生活，會讓年輕人說嘴好久。他知道有些年輕人將他的名字不停掛在唇邊炫耀，誇大了他們之間的交情，以增加自己的文化資本，曾經有位資深導演耳聞某個年輕人到處用他的名字招搖撞騙，在一個場合終於撞見，這名導演一掌惡狠狠將這個浮誇不實的年輕人猛推到牆角，厲聲警告，不准拿他的名字在城裡騙吃騙喝，否則一定給他好看，但，李憲宏無所謂。他間接聽過年輕人轉述遇見他的經驗，宛如教徒感動敘述他們見到羅馬教宗、還是平民興奮描述跟美國總統握了手的軼事，他覺得很有趣，好像李憲宏不是他，而是小說裡的角色、歷史上的人物、神話中的神祇，李憲宏這個名字染上虛構的神祕色彩，成了一則偉大而遙遠的都市傳奇。當他自我介紹李憲宏，他用第一人稱，而人們口中不斷轉述的這個李憲宏，對他來說，已是個第三人稱，另一個陌生人，與他無關。名氣就是這麼回事，他很年輕便成名，早早習慣了當別人故事裡的第三人稱。

他剛闖出名氣時，起初不能接受失去李憲宏這個名字的所有權，那年他二十七歲，與此時的莉蓮同齡，一天早晨他慢跑完，穿著短褲，坐在早餐店喝豆漿嚼飯糰，聽見背後一桌陌生人以近乎親狎的方式在談論他，重複關於他的媒體報導，他不在乎他們議論他，真正讓他覺得毛骨悚然的是他們說話時的篤定語氣，百分之一百的權威口吻，彷彿因為讀了幾篇雜誌報導，看他上過幾次電視，得到零碎資訊，他們便摸透了他這個人，像摸骨師一樣不僅摸清了他整個人的筋骨，連他的前世今生全都一併摸出來了。後來他跟曉雯的緋聞鬧上檯面，他打開電視，看見一堆他這輩子從沒見過面的人，神情激動，口若懸河在講他這個人的品性，創意鬼才，趨勢專家，熱心公益，學問淵博，但無論如何就是逃不過美人關。他的一生宛如一捲清明上河圖攤開在他們面前，長長一條，供他們把玩細節，指指點點。他們講得信誓旦旦，比他的妻子情婦們更清楚他的生活怪癖，像是他上廁所會用掉幾張衛生紙這類私密細節，他霎時領悟他們講的那個人不是他，只是剛好跟他同名同姓、活在另一個平行時空的李憲宏。出名，就是進入大眾的記憶體，讓他們百分百擁有你，變成他們的一部分，當他們想起你，他們不是想起你這個人，而是動用社會的集體記憶，他們只是用你來錨定時代。

他不擁有李憲宏。就像現在，他任作者書寫他。傳奇需要轉述，轉述需要第三人稱。要進入社會記憶體，就不能介意當第三人稱，把詮釋權讓給別人，供人們說故事、報新聞、講八卦。

他明白，瓊瓊崇拜他，也因為在她眼中，他是一個遙遠而偉大的第三人稱。他的偉大正來自於遙遠，雖然她是他的助理，天天見面，他與她之間依然相隔寬闊，非生理的、而是社經地位的距離。她帶著他，就像帶著一個高檔限量版的社會配件去參加聚會，這使她顯得不凡，在同儕面前有面子。反過來，她的青春肉體也是值得他這個中年人拿出去炫耀的社會配件。他不熱衷參加瓊瓊朋友們的聚會，不是因為他不喜歡年輕女孩這項社會配件，事實上隨著他的年齡增長，年輕女孩這項社會配件變得更加珍奇，炙手可貴，而是因為他以前跟瓊瓊他們那群人混過幾次，超級無趣，無聊到死。年輕人跟中年人一樣，也分有趣跟無趣兩種，青春不擔保他們有意思。但他假裝掙扎沒幾秒，就答應了瓊瓊。下了班，他用他的跑車將瓊瓊跟自己送到了聚會的地點。

瓊瓊在，莉蓮就會來。果然莉蓮來了。

十個月前，他突然瘋狂迷戀上莉蓮這名年輕女子。當時他去了紐約、柏林、倫敦和北京，剛回來台北幾天，人有點恍神，還沒恢復生活的自然韻律，一樣是週五夜，不到三十歲的私人助理瓊瓊下班前來敲他的門，問他還有沒有事，她要跟朋友吃飯看電影，得先走。他從椅子上跳起來，說他要跟她去。台北街景從窗外流過，坐在他車裡，瓊瓊咯咯笑，花枝亂顫地。他問笑什麼，瓊瓊說，你也不問問我朋友是誰，我們看什麼電影。他也笑了，怎麼妳男朋友很會吃醋。瓊瓊說，欸，不是男朋友，是個女生，我們要看女同性戀片。他哦了一聲，肯定是藝術片，擔心我看不懂是吧。瓊瓊說，也不是，只是怕你想東想西。我跟她絕對不是一對，瓊瓊加了一句。

看電影前先吃飯。電影院旁小巷的雲南小館子，週五晚，冷清得很，本來六張桌子，只有一名看似高高瘦瘦的短髮女孩獨坐窗邊四人方桌，在滑手機。瓊瓊繞到女孩子旁邊坐下，他在對面。她們兩人肩並肩、頭靠頭一起讀菜單時，看上去真像一對鶼鰈情深的同性戀人。

等上菜的空檔，瓊瓊簡單介紹一下莉蓮，紐約留學回來，唸媒體研究，現在網路媒體上班，她們在紐約認識，同校不同系。莉蓮說，我小她一屆，瓊瓊不情願附和，欸，我是學姊，她學妹。

沒吃兩口，莉蓮突然站起身，原來個子並不高，人就出去了。憲宏疑惑望了瓊瓊一眼，瓊瓊解釋，抽菸，接著講別的事。憲宏漫不經心聽著，略微側頭望外，巷子短，沒裝路燈，剛下過雨的冬夜，潮地熒熒反射周圍的招牌，黃藍紅綠，一閃一閃，因為潮溼而波光粼粼的光線也曲折投在莉蓮身上。她沒披外套，上身簡單毛衣，窄臀長腿，半筒靴子，胸部不大但結實優美，腰細，手腕也細，兩根長指頭夾著一根菸，黑夜中紅唇呼出一團白霧，迷濛了整張巴掌臉。他覺得好像在哪部日本電影看過類似的畫面。他後來才知道，不是那晚街景影影綽綽，氣氛很新宿，而是莉蓮這個人，她隨便往哪裡站，那裡立刻變成電影場景。

莉蓮並不能說頂級尤物，只是面目清秀，算是耐看，然而，那個夜晚，那條溼冷的窄巷，那間冷清的小館子，憲宏在莉蓮身上看見了一個第三人稱。第三人稱，不在場，不直接參加談話，卻是談話的重心，供人議論，引人遐思，刺激別人思辨爭論。導演從第三人稱看出一部電影，小說家繞著第三人稱虛構出一整個完整自足的宇宙，哲學家依據第三人稱可以發展整套詮釋世界的方法論。你看著一個第三人稱，你感覺，這裡有故事。因為，第三人稱已不是一個人，而昇華成一個抽象概念。他覺得，他能以她為中心，開創出一個美麗的新世界。

坐在他對面的瓊瓊笑了，橫過桌面，遞手機給他看一張相片。他眨眨眼，沒看錯，正是窗外那條溼溼冷冷的台北巷子，暗夜、霓虹燈、潮溼反光的柏油路面，莉蓮的黑眼珠、小巧耳垂，與她看似可以拆解下來當兵器的嶙峋鎖骨。

瓊瓊笑，那人站在外面一分鐘也能自拍上傳。莉蓮全身菸味回來，瓊瓊對她稱讚照片好看。

兩個女孩閒聊，說的都是誰誰誰在臉書前天貼了什麼、說了什麼，其中一個人不知道，另一人馬上執手機滑尋，找出來給對方看。憲宏靜靜喝著啤酒，開第三瓶時，莉蓮問他，你的臉書名字是什麼，我們連一下。他微笑，舔掉嘴上的泡沫。

「憲哥不用社群媒體。」瓊瓊說。

「為什麼不用？」莉蓮問。

「他嫌浪費時間。」瓊瓊說。

「可是很方便。」莉蓮說。

「方便什麼？」憲宏問。

「找人很方便。」莉蓮說。

「對啊，我們朋友都在上面。」瓊瓊滑手機，給他看。

他放下啤酒杯，笑笑，「我就怕別人找我。」

「憲哥常常搞消失。」瓊瓊抱怨。

「不只這樣，這是自媒體，你可以經營自己。」莉蓮說。

「經營自己？」

「表達自己。」莉蓮聳肩。

「表達？」憲宏又喝了起來。

「對啊，對世界發聲。」莉蓮說。

「他不愁，他太多了。」瓊瓊笑。

「這跟其他網路平台有什麼不一樣？BBS、部落格、推特、噗浪、Line……」

憲宏假裝關心地問。

「都一樣，只是看你自己用什麼順手。」莉蓮表情認真地答。

「莉蓮的臉書好好看，我每天追蹤，下班捷運上讀，睡前讀，每次看每次開心。」瓊瓊好像講到心愛的文學經典一樣陶醉。

「妳都貼些什麼？」憲宏與莉蓮對看。

「不知道，想到什麼貼什麼。」莉蓮沒把目光移開。

「她好會寫。像那天她寫了一個什麼句子……我忘了，等一下，我找出來……好棒好棒……」瓊瓊的聲音隨著她的頭逐漸低下去。

「臉書對妳來說是藝術創作？」憲宏不無諷刺地問。

莉蓮聳聳肩，「也不是不可以。」

「那，你怎麼定位你的藝術，純藝術還是大眾藝術？」憲宏繼續問。

「這種分法一點意義也沒有，藝術只分好壞，哪有高低？就像每天討論純文學和大眾文學的分野，我說，寫得好的文字就是文學，即使是一段新聞報導還是小格的分類廣告，寫壞了的文字什麼都不是，連一張主婦貼在冰箱上的購物清單都不如，再怎麼裝腔作勢也不能增加作品的高度，只是更加令人厭惡。」莉蓮掩不住憤憤不平。

「為什麼連購物清單都不如？」憲宏還問。

「因為購物清單至少有實用價值。」莉蓮用力說。

憲宏呵呵笑，飲口啤酒。

「追蹤莉蓮臉書的粉絲兩萬多人了，有時候記者還會來挖新聞，好好笑。」瓊瓊說。

莉蓮雙頰漲紅：「昨天正式破三萬。」

憲宏故意輕吹口哨，「妳是網紅囉？」

「對，她走在馬路上會有人攔下她，要求跟她合照。」瓊瓊興奮地放下手機。

「上次更好笑，我和瓊瓊約午夜場電影，我深度近視，想說半夜嘛反正沒什麼人，我沒化妝，架著大眼鏡，穿著運動褲出來……」莉蓮笑盈盈，憲宏眼見她整個人放鬆了。

瓊瓊緊接下去：「對對，結果排隊買爆米花時，有人偷拍她，貼上臉書，大驚小怪說路上捕獲野生的臉書女神。她的眼鏡這麼大，褲腳那麼長，拖到地，邋邋遢遢，好像日本漫畫跑出來的角色，笑死我了。」

他跟著她倆，三人開懷大笑。

「為什麼你不用？」莉蓮又問。

瓊瓊說：「哎，他嫌浪費時間嘛。」

他說，「我不相信社群媒體。」

「你沒跟我說過，你不相信社群媒體。」瓊瓊皺眉。

「為什麼你不相信社群媒體？」

「媚俗。」他答。

「什麼意思？」瓊瓊瞪大眼睛。

他有一大套理論要說，兩張充滿驚異的青春臉孔瞪視下，他只是低調地說，

「我討厭媚俗。」

兩個女孩互視一眼，噗哧笑出聲。她們饒有趣味望著他，好像他是一隻可愛的大型泰迪熊，抱起來很舒服，可以安心睡在他懷裡沒問題。他有點不習慣。性魅力這件事應該有點威脅感，眼前這兩個女孩完全不怕他。

當晚回家，他用他那架平常只拿來拍照和打電動的智慧型手機下載軟體，送交友邀請給莉蓮，不到一秒，對方立刻接受了。速度之快，讓他有觸電之感。好像以前第一次約會後打電話給女孩，鈴聲一響，對方馬上接起來，聲音禁不住喜悅而輕微顫抖，原來女孩一直守在電話機旁，癡癡期待他的消息。

他等了整整一週，七個日子，才發條簡訊給莉蓮，佯稱有公事找她。他的約會行程通常由瓊瓊統籌安排，莉蓮並沒問為何這次他跳過瓊瓊親自約她。

他車子停在約會地點附近，早到三十分鐘，他坐在車裡聽音樂，滑手機看莉

蓮的臉書。約傍晚五點，四點半她還在城市的另一頭打卡。他耐心故意遲到了十分鐘。莉蓮再晚了十分鐘，才姍姍來遲。

聊天不容易。他以為他追蹤了眼前這個女孩的臉書動態已經一個禮拜，對她有基本瞭解，找得到共同話題，但他依然覺得現實中的林莉蓮與臉書上的林莉蓮有一點點不同。臉書上的林莉蓮聰明活潑，多愁善感，語言機智，對什麼都有話說，眼前的林莉蓮寡言冷淡，眼神謹慎，對周遭充滿懷疑。到底找了什麼藉口見她，他如今忘了，他只記得自己心焦舌燥，徒勞找話說，她始終心不在焉，時不時滑一下擺在桌面的手機，沒怎麼認真聽他談話，偶爾他提起某電影、某作家、某事件，她又會打斷他，問他怎麼拼寫那些名字，他邊拼，她邊輸入手機，網路搜尋到了，就說，哦，這個啊，原來如此。當她視線離開手機回到他身上，表情像在說，下一個，彷彿他的臉是一張面板，她正用她的眼神滑他。

他博學聞名在外，畢竟不是網路搜尋引擎。他感覺體內的材料累積多年，卻在一小時內化作細沙迅速流失。

因為她忙著滑手機而出現的沉默，令他坐立難安，不使她不自在，酒館外頭沉入黑夜，也加深了他總要說點什麼的壓力，他胡亂問，「今天的見面，你要跟我自拍，貼上臉書嗎？」

莉蓮很快說，不，反問，「你要嗎？」

他微笑。

她微笑，「這是我們之間的祕密。」

莉蓮以為憲宏擔心她會去炫耀自己今天跟名人見面喝酒，於是向他保證。

憲宏卻以為莉蓮相當於說，不會，因為你對我來說不是遙遠而偉大的第三人稱。你是我的第二人稱，在第一人稱的貼身範圍之內。第一人稱和第二人稱在一起，就是你我，就是我們。假設人際關係是太陽系，第一人稱是太陽，第二人稱是水星，最靠近太陽的行星。據說水星因為與太陽距離親密，而遭太陽潮汐鎖定，因而失去了自己的四季，而且終年籠罩在強烈的太陽光之下，幾乎難以觀測。

當莉蓮保證不會貼他上臉書時，他以為莉蓮相當於說，我不會將你公諸於世，因為你是我的。我要把你藏在我的太陽光之下。

他以為莉蓮就像他愛上了她一樣也愛上了他。

十個月過去，春日消逝，夏季終結，網路科技無所不在的時空裡，依然無人知曉他們之間的戀情。秋濃的週末夜晚，身處於這間眾聲喧鬧的台菜餐廳，牆上貼滿懷舊廣告海報，地面踩上去黏鞋底，桌面擺著七八樣快火炒過的大盤熱菜，冷氣超強，啤酒卻不夠冰，坐在一群不經人事的青年人之中，憲宏定定目隨他的年輕情人莉蓮，如同底片顯影般，由黑夜深處浮凸出來，推開餐廳大門，筆直走向他——在他眼裡，她只走向他，單單他，而不是這麼一大桌人。他們的愛情既是一個祕密，而祕密是一個封閉的圈子，你要不在內，要不在外，沒有中間模糊地帶。祕密就像滂沱大雨中撐開的那把傘，傘下只有他們兩人，為了不淋溼而緊緊依偎，雨聲淅瀝震耳，整個世界隔絕在外。

莉蓮越走近，輪廓越顯，頭髮已留長了齊肩，染成淺栗色，戴著一頂寬簷羊呢帽，軍外套，裡頭的碎花襯衫敞開領口，露出那對他深深迷戀的鎖骨，踏著她四季不分的小靴子，就像那些他年輕時代看過的法國新浪潮電影的女主角，走起路來神情那麼旁若無人，那樣自我中心，因為內心明白自己美麗而蠻橫不講道理，不怕對情人殘忍，而當她認真哀傷起來，又成了天底下最無辜的小白兔，每滴眼淚都美得叫人心碎，足以消融任何堅硬物質做成的心。

大圓桌，十二人，莉蓮在憲宏對面落坐，先寒暄了幾個人。瓊瓊喚她注意，「欸，看我把誰拉來了？」莉蓮才朝他頷首，清清淡淡，不含特別意味。微笑不自覺撐開他的嘴角，他甚至準備講幾則辛辣笑話。迷人，他行的。

桌上話題零零落落，句子沒頭沒腦，卻迅速來回迸觸像電流。這桌年輕人不像憲宏那個年紀的人聚在一起就拚酒，他們喝無酒精飲料，還有人點了現榨果汁，每個人身上都練點肌肉，面前擺了碗筷、飲料，和一台手機。眾家手指忙著滑手機，偶爾動筷。

雖然說的是中文，憲宏感覺自己坐在一桌外國人中間。他聽不懂他們在說什麼。慢慢，他的耳朵摸出了重點，雖然這些人今晚才見面，但他們之間的互動卻是時時刻刻分分秒秒，時間綿延不絕，匯成一條斬不斷的長河。今晚只是網路大河掉出來的點滴。網路不再是實體世界的延伸，而是倒過來，實體世界才是虛擬網路的延續。

憲宏也很快聽出來，他們溝通平台不只一樣，每個人各自掛上多重社群媒體，臉書、推特、圖享、微信、Line，還有許多他完全沒聽過的應用程式，將人們串聯，分成大團體小團體，一對一，一對多，多對多，名副其實交織成一張網，宛如一座巨大城市的地下鐵，若無人幫你明確畫出來一張地鐵圖，走在街面上，你看不到底下那張快速流動的網，你只能透過地面震動去猜測有輛列車正從你腳下轟隆通過，卻無法掌握事物的全貌。然而，縱使平台各異，路線交錯，在上面流動的訊息卻大同小異，就像城市人群在不同地點上車，總還是會在某些大站交匯。網路看似無邊無際，社群媒體畢竟初具地鐵路線圖的雛形，上面跑著的每輛列車依然具有明確的功能性，都將人們送往他們想要去的方向，也就是移動、碰撞，目的終究為了交流。

起初憲宏還想追問內容，過了幾個話題，他就算了。他突然明白，面前這群年輕人聊天的方式就跟他爸媽四十年前坐在電視前爭論晚間新聞的情形一樣，看了新聞也就知道他們在吵什麼，只是他沒看電視，青少年的他寧可躲在自己房間聽西洋流行歌曲，寫情詩給他暗戀的女孩子。

他們的語言也讓他難以接話。他們戲謔嘲笑每件他們看不慣的事，用最極端的詞彙去形容他們不喜歡的人，雖然透過與莉蓮的相處，他已經習慣了這種看似惡狠狠的嬉笑怒罵，只不過是他們自以為在對抗所謂「世界」的方式——那個他們既想要進入又必須反抗的世界。這個叛逆的姿態，其實是一種防衛，因為他們明白，在這個古老而無情的世界面前，自己多麼脆弱，根本不堪一擊。這時候，憲宏感覺了自己的世故，就像老花眼一樣，屬於上了年紀的特徵，有時還挺享受這種朦朧美，至少世界終於看起來順眼一點了。

他的思路跟著大家溜了一會兒，沒多久，就放棄了，如同一般人無聊時會做的事，他放空了的腦袋很快裝滿色情念頭。他看著對面的莉蓮，想像她全身褪得只剩一條小內褲在台北頂樓加蓋小公寓裡走來走去的情景。

在莉蓮的頂樓加蓋，莉蓮永遠穿最少的衣服。這是憲宏真正喜歡窩在她住處的原因。每回從外頭進來，莉蓮便迫不及待將身上衣物一件一件剝去，先甩掉肩上的袋子，拉掉大衣、牛仔褲，襯衫、洋裝，剩下無袖背心、小內褲，脫掉了胸罩，他幾乎像是看著一匹小馬咬了一整天的轡繩，終於在日落之前回到馬房，卸下了沉重的馬具，輕鬆在自己的小隔間舒展四肢，慵懶拉筋。這匹褪完衣物的小母馬，毛皮光亮，每一吋肌肉都那麼優美，體態結實。當她吐納空氣，鬆綁了的乳房輕輕起伏，蘊藏她體內的青春氣息便像阿拉丁神燈釋放出來的精靈，瀰漫整間室內。她是一朵珍卉兀自盛開在城市頂樓的溫室，芳香四溢。他多愛那股美妙的香氣。對他來說，那是春天的味道。就像梭羅所說的，春天是自然的復活，一種不朽的經驗，「只消一個春日早晨就足夠；人類所有罪惡都獲得寬恕」。

梭羅也說，既然愛情無藥可救，只能盡量陷深。人生此刻，他以為莉蓮是他的真愛。他腦海不斷回去他們首次上床的情景。莉蓮從他上頭下來，平躺在他身旁。他赤裸裸，胸膛劇烈喘息，渾身皮膚起疙瘩，被子下他在顫抖。他聽見自己說，「我愛妳。」他不能控制自己。莉蓮抬起深邃眼神，瞳孔閃耀著不知是柔情蜜意或是單純反射夜燈的光輝，伸手觸摸他的臉頰，像輕撫一隻無害的老狗：「你真可愛。」她隨即光溜溜翻下床，四處找她的手機，整副肉體毫不設防暴露在他的視線下，纖細的鎖骨，柚子形狀的乳房，光潤的小腿，手肘、膝蓋、腳踝每個人體彎曲的部位都乾淨光滑，毫無髒兮兮的皺痕。他尤其喜歡她從腰部到大腿那一段的身體曲線，輕盈而圓潤。那具肉體十分之性感，不是因為她多麼完美，而是因為她對自己感到自在。她一點不怕他的眼神，任由他的眼神在她的胴體四處游走，繼續撫摸她，肆無忌憚騷擾她。他為這個女孩瘋狂。他想到他的妻子，生完孩子之後就難得與他同寢，而曉雯雖然不到五十歲，卻很早便不願在他面前赤身露體。有天他出差回來，清晨落地，直奔曉雯的公寓，曉雯不肯開門，隔著門，打手機給他，要他去外頭晃晃，過一小時再來。他拖著行李箱，去巷口美式咖啡店喝一杯難喝的咖啡，滿身困頓回到她的門口，她細心化了妝，噴灑香水，盛裝來開門。他看著那張完美無缺的臉，這是一張武裝過後的臉，他感到陌生，難以親近。當下，他領悟，他們的愛情走到了盡頭。界線出現了。他與曉雯，不再是親密的我們，而分開成他與她。她沒有畫好一張臉，就不肯見他。他永遠再也見不到她那張自然的臉。那個剛起床滿嘴口臭就來親他的女孩，那個頭髮睡扁了連梳都不梳就要跟他上街喝豆漿的邋遢鬼，那個不怕將最私密的一面展現給他看的戀人，他的情婦，不在了。他從此見曉雯都會規規矩矩事先約好，像對待一名客戶一樣。他們至今相安無事。他從沒與他生命中的女性們討論衰老這件事。他只是認知了她們不願再無限度與他分享她們的肉體，就像她們默默接受他去找更年輕的女人。

他想，女人通常比較長壽，是否因為女人抗老的方法就是服老，跟同齡女人相比，身為男人的他根本沒覺得老過，縱使每年醫療保險費不斷調高，確實他的性慾勃起不再像當年二十來歲那樣頻繁，時時不邀自來，但他整個人的心態、他的野心、他的情商，從來沒有改變。

他跟這一桌年輕人的不同之處並不是歲月，而是他不自覺流露的優越感。他記得自己如何一路優秀，考大學、留學，一回來就有工作，社會在發展，處處都是機會，名利淹腳跟。他記得自己野心勃勃，想要什麼就去爭取，而且往往不花吹灰之力就到手。他記得自己天真而莽撞，多麼勇敢。

這些年輕人雖然青春卻不氣盛，消極而被動。他不清楚這些年輕人的處境，不能想像他們每天怎麼過日子。他們好像沒有正式職業，如果有工作，大多在非政府組織、慈善基金會之類非營利單位，有人三十幾歲了還在唸研究所，就算出了社會也還在尋找人生方向，收入不固定，大約都是找不到理想工作，每個人似乎皆在搞點創作，拍實驗短片、寫文字、摸攝影、碰設計、玩樂團，抱怨貧窮，錢不夠用，但是不去賺錢，因為他們說賺錢不重要。他的莉蓮是他們其中的一個。她開始工作不過兩年，已經換了三份工作。她渴望自由，不願被束縛，她對人生的想像就是絕不要像她的父母一樣坐在同張辦公桌後頭一輩子，雖然她父母那份坐在同張辦公桌一輩子的工作支撐她衣食無憂直到高等學歷畢業，現在他們的退休金也仍在供養她，但某種特定時代的某種特定生活方式，對她來說，已經結束了，不可能再來。她隱約感覺自己有藝術的天份，但她又不夠自信，她以為留學會幫助她學得一技之長，但是歐美教育這些年已變成一門全球生意，幾乎全部著名教育機構都成了跨國企業，甚至還開設海外校區，專門攻佔國際學生市場，文憑仍價格昂貴，效益卻越來越像汽車駕照，拿到駕照不稀奇，沒拿到駕照才稀奇。莉蓮花了父母一筆不小的款項，去紐約修了九個月課程，混了一年，領個碩士文憑，現實卻什麼沒改變。她還是她。回台灣一陣子，她不喜歡這裡的工作環境，嫌老闆太蠢、同事太土。她感到窒息，渴望寬廣的世界，伸展她的夢想，雖然她沒法向憲宏解釋她的夢想究竟是什麼，她只是堅持人生不僅如此，世界不只這樣子。現在她認為自己應該學另一種語言，因為每名台北女孩都在學法文和日文，她認為她應該學德文，到柏林，去看看另一個世界。世界對莉蓮來說是那麼重要，她願意犧牲一切，只為了去到她以為的世界。她可以失去一切，卻不能失去世界。憲宏自己去美國留學生活多年，他卻告訴莉蓮不必往外跑了，認識一點自己文化的根。莉蓮不以為然。他因此感到痛苦。他不想失去莉蓮，不想她去柏林，但是，他能提供她一份什麼樣的未來，他甚至不能娶她。

他無法成為她的世界。
瓊瓊說：「阿傑在台北。」他看見坐在對面的莉蓮唰地一下子臉紅了。
「王世傑？」有人問。
「他回來多久？」
「他這次又是從哪裡回來？」
「上次聽說他去了印度當義工。」
「沒有，那是兩年前的事。」
「不是說他去了上海當白領？」所有人七嘴八舌。
「阿傑當白領？別開玩笑。」
「他不是在倫敦？」瓊瓊也不怎麼有把握了。
「我還以為他在德國。」
瓊瓊拍掌：「對啦，沒錯，他去年夏天就去柏林蹲點了。」

莉蓮的沉默令他不安。當滿桌熱烈討論這個四海為家的阿傑，莉蓮恍如觀音低眉，一切塵事與她無關。他的心怦怦跳。他突然間覺得周圍下起傾盆驟雨，可是傘下只剩下他一人。莉蓮擎了另一把傘，站在他對面，大雨像寬闊海峽一樣將他們隔開。莉蓮擁有另一個祕密。

他啞着嗓音問，「這個，阿傑，是誰？」

聽起來就像是他們這群人。他們你一言我一語，大學畢業，到國外拿個學位，會說多國語言，天資聰穎，才氣縱橫，而且體貼入微，尊重女性，一雙巧手會烹調也會木工，還擁有好歌喉，唯一缺點就是淡泊名利，什麼都不要，他專門去世界各地當義工、幫忙第三世界國家的窮人。

憲宏的目光仍落在低頭的莉蓮：「噢，都不知道我們台灣已經不是第三世界國家了。」

這才是她想學德文的原因？她當時一臉嘲笑，翻著又大又亮的白眼，翹起她嘴唇，坐在床上整理她從舊書攤買來的台北老照片，跟他說，如果你現在去台北街頭採訪抽樣，每個台北女孩都會回答，自己喜歡旅行、閱讀，做瑜伽，愛烹飪，想學法文，養一隻貓。她說她偏要學德文，打拳擊，看漫畫，吃路邊攤，當一頭豹。說完她就隨口咬了他。當瘀青從他的上臂消失的那天，他還因此憂傷不已。

他的莉蓮還是沒抬頭。抬頭目光炯炯直視他的是另一名大頭方臉的壯男孩，他倒是記得這個男孩子，綽號「戰斧」，說話最愛一錘定音，因為常在臉書批評時事，俗稱打臉文，贏得同齡人的共鳴，成為英雄。對戰斧來說，他的出生就為了重新定義這個世界，將萬物正確歸位。然而，研究所畢業一陣子，那些原本等著他拿到高等文憑就該自動發生的事情像是國立大學教職、如雪片飛來的出版社邀請函、各項榮耀大獎、高度友善的媒體採訪，統統沒在他畢業的那天立刻發生。高不成低不就，他年紀輕輕便隆起的小腹裝滿了許多社會不滿。戰斧一雙小眼睛，透過邊緣起霧的鏡片，聚精會神看著憲宏，令憲宏不安。出於本能，憲宏像一頭野生動物，直覺自己遭獵人盯上，某處已有把槍上膛，朝他瞄準。但他還想掙扎。以為自己有機會逃生。

戰斧一字一字慢慢說：「你覺得我們是第三世界國家？」

「我們社會顯然還有很多問題。」

「不不，你是對的，我很高興聽見你這個世代的人認知這件事。你覺得問題在哪裡？」

從戰斧瞧他的眼神，他已經看出戰斧早將他歸類，貼上標籤，變成人們口中特定的「這種人」或「那種人」。他不是李憲宏，擁有自己的獨立人生、獨立心智，他就是「你這個世代的人」。憲宏知道他應該將問題反拋回去給戰斧，假裝很謙遜地請教戰斧的看法。出於多年的社會經驗，只消看一眼戰斧，他明白戰斧有很多話要講，而且就是要講給他聽，講給「你這個世代的人」聽。他只要假裝溫和，保持冷靜，微笑忍受戰斧半小時廢話，不時點點頭，撐到晚餐結束，禮貌告別，從此就跟這個年輕人沒有關係，大家各過各的日子。等戰斧滔滔不絕發表完他的高見，他還應該加上一句鼓勵的俏皮話，讓整桌人開心，快樂結束當晚的飯局，不但腸胃滿足，而且還有精神的快感，所有人都以為自己參加了什麼有建設性的討論。但，他就是沒法忍受莉蓮依然低垂的頸子，逼著他只能迎上戰斧的挑釁眼光，感受其他年輕人等著觀戰的雀躍心情。有張無形的網朝他施壓逼近。他要掙扎，他不能當困獸。

等他意識到自己應該停下來時，他已經口沫橫飛講了一堆他對當今社會的觀感，而他一點也不喜歡自己講的話。那根本不是他。他相信世代正義，支持社會進步，堅持機會均等，他的終極信仰就是自由兩字，他是虛無的香檳左派分子，也許矯情，非常自以為是，但他始終站在弱勢那一方。他從來就不是反動派。面對戰斧的火睛四眼，他說出來的話卻像一個典型養尊處優的社會老人。他聽見自己高聲感嘆現代年輕人不惜福，不懂自己多麼好命，不像他們那個年代啊，台灣退出聯合國，國際處境嚴峻，社會仍處於軍事戒嚴，白色恐怖氣氛瀰漫，他和他的友人讀禁書、寫文章，搞遊行，有人還因此退學，他們那個年代啊，人心單純，不計功利，他和他的友人一心一意想要貢獻己力，改善社會，造福他人，他們那個年代啊，出國唸書一定要有獎學金，要不然就得四處打工，非常窮苦，出國前跟父母道別，下次見到父母只有學成歸國的時候，他們那個年代啊，每個人都力爭上游，個個總經理、實業家、大學教授、科學家、文學家、舞蹈家，他們那個年代是台灣文學的黃金時代，台灣電影達到巔峰，台灣流行音樂打造了個帝國，台灣成為高科技島。相對於他們那一代人的優秀勤奮，現在台灣年輕人自稱魯蛇，懶於打拚，貪圖安逸。

他說得莉蓮終於抬起來頭，瞪大驚異的眼眸，看著他繼續說下去：「你們這個世代的人鎮日盯著自己的肚臍眼，只懂得追求小確幸，實在太可惜了。」

戰斧露出滿足的神情，好像有人剛從他臂上注射了一管毒品般亢奮，鄭重地點點頭，「謝謝你，你為我解答了許多心中的疑惑。」

接下來，戰斧沒再直接跟他說任何一句話。事實上再沒有其他人找他說話。散會時，在他堅持之下，瓊瓊和莉蓮上了他的車。他先送瓊瓊回家，瓊瓊直腸子，嘩啦嘩啦講她家的兩隻貓，填補他與莉蓮兩人份的沉默。瓊瓊下車後，他回頭，要後座的莉蓮換到駕駛座旁來，莉蓮只一言不發將手機遞給他。黑暗中，他看不清楚上面密密麻麻的黑色小字究竟寫了什麼，他只看見戰斧的名字和頭像。

莉蓮說，「你真該學會閉嘴。」

她拉開後座車門，下車，攔了一輛計程車，走了。

莉蓮幾乎是用逃跑的心境鑽出憲宏的座車。她招車，迫不及待傳訊，你在哪裡。對方這回總算迅速回了一個地點。

跳進停在她面前的計程車，她頭靠椅背，恢復她慣有的厭世。唯有擁抱萬念俱灰，她才感覺像真實的自己。二十歲的人覺得體內的靈魂早已過了六十歲，周圍均是繁華來不及綻放便已徒勞燒光的餘燼，夢想遲早成為時光的廢墟，人生不過是像名乞丐行走於世界的殘垣斷壁之上，真正活到了六十歲的人卻自認內心年輕，迫不及待要向全世界宣布，自己活力完全不輸二十歲，人生才正開始。青春的晶瑩光芒，通常需要一雙四周堆滿皺紋、視力朦朧不清的蒼老眼眸才能辨認。年輕的時候，人總是傾向憂鬱，而他們永遠能成功宣稱自己的不幸。莉蓮悲傷看著這個剛滿二十七歲的自己，她是如此不快樂。

她的人生過了大半，卻一事無成，她每活一天，都在發現自己的平庸無能。憲宏聽她這麼悲嘆時，總十分驚訝，為何這麼早替自己人生下定論，妳還那麼年輕，妳才二十七歲。

我已、經、二十七歲了，她當場悲憤抗議。而我什麼都沒有，我想要的東西統統得不到。你那麼成功，你不懂得什麼叫一無所有。貧窮，找不到像樣的工作，無法發揮所長，住在城市邊緣，像隻螞蟻卑微活著，每天起床都覺得自己是多餘的存在。憲宏親暱觸摸她的頭髮，妳的想像力是不是太豐富了點。

她恨，她恨憲宏看輕她的焦慮，判定她無病呻吟，只因她的年齡，他就認為她根本不可能懂得什麼叫真正的痛苦。她尤其恨他處理她的情緒時總是那麼一副氣定神閒，好像一名心不在焉的叔叔幫忙看管別人的孩子，他不真正關心孩子在哭鬧什麼，他只想當名酷叔叔，跟孩子一起吃吃冰淇淋、逛逛公園，玩點花樣，他的責任不是解決孩子的問題，而只是確保孩子跟他在一起的這兩個小時不會給他添麻煩，等孩子的父母出現，他立刻雙手送還給他們，他就能回去他原來瀟灑自在的獨立生活。莉蓮把頭別過去，甩開他的愛撫手指。

憲宏嘆了口氣，問她，「妳說妳要的東西都得不到，那妳要什麼？」

「你別管我。」

「告訴我，妳想要什麼？」

「我只想要一樣東西。」

「什麼？」

「當我自己。」

「這什麼意思？」

「這有什麼不能懂？當我自己，做我想做的事，跟我喜歡的人在一起。」

「妳現在不是在做妳想做的事，跟妳喜歡的人在一起？妳不是妳自己？」他出奇冷靜地問。

「你不會懂。你已經忘了年輕是怎麼一回事。」她頂撞他，知道他會因為難過而閉嘴。在他們兩人的關係裡，年輕是她的愛情優勢。她是那個驕縱任性、可以不懂事撒嬌耍賴的人，而他是那個包容溺愛、萬事都要道歉的人。也或許，這跟年齡根本無關，只不過一場誰比較害怕失去誰的俗套愛情競賽而已。就像方才，他是那個千方百計央求她上車的人，而她是那個不開心就下車走掉的人。車門關上那一刻，李憲宏已不在她心上。另一個她擔憂已經失去的人佔滿她的心緒。

車輛駛過幾個空曠的路口。過了夜晚十點的台北，並不熱鬧，這裡已有一陣子不再是一座輝煌的不夜城，商家燈光熄滅，街面趨暗，並不強壯的路樹投下小面積的陰影，沿途街燈維持住城市的光華。街道兩邊的樓房雕刻出一條接著一條的無星夜空，冷風清新，沖淡了初秋的炎熱。她那麼想見那個人，以至於她不敢見他。台北不算大，那個人終於不在天涯海角，而是下一個街角。

車到了，她慢吞吞付錢，下車，關上車門，以最慢速走進這間地下室酒吧。她的心臟幾乎要從她的胸腔捶打出一個洞來。

小小一間地下室，空蕩蕩，放著音樂。莉蓮看見那個人時，意外發現他並不是身邊圍繞一大群朋友，也不是單獨一個人。他與一名長髮女子在聊天。他們兩人沉浸在熱烈談話中，環境並不嘈雜，他們卻不時貼近附耳說話，為了對方的話而忘懷大笑，即使莉蓮走到了桌前，他們都還沒察覺她的存在。長髮女子先抬頭看見莉蓮，笑容還停留在她的臉上，莉蓮不得不承認她看起來真是嬌媚動人，那頭蓬鬆帶捲的黑髮雖然髮質稍粗了點，卻風情萬種，但莉蓮仍無法去除自己對這張臉的討厭之情。

終於他也跟著看見她了。「林莉蓮，妳來了！」他立刻站起來，熱情擁抱了莉蓮，「我跟媚正在聊天。」

媚。好好的全名蘇淑媚，只剩下了一個字，媚。但林莉蓮還是林莉蓮。她笨拙地拉開椅子，椅腳在地面刮出令人頭皮發麻的聲響，坐下。不知道要說什麼，於是她問：「就你們兩個？」

既然莉蓮是看著淑媚問的，淑媚便很自然回答，對啊，她聽說阿傑回來台北，便拿起電話問他何時有空見面，結果他今晚沒事，她也沒事，擇期不如撞期。她回答得落落大方，小肚雞腸的莉蓮毫無招架之力。

晚餐，淑媚帶世傑去吃了龍山寺那一帶的切仔麵。以淑媚的性格，她的麵攤一定有個故事，而且肯定會動態打卡，讓全世界都知道她吃碗麵都是一個「時刻」，意義非凡的瞬間，獨特而不可忘記。莉蓮在心中翻了個又亮又大的白眼，似乎忘了自己也是動態打卡的愛好者。動態打卡像是升級版的旅遊照片集錦，也像是一本不需要等到當事人過世便提早公開的私密日記，既有私人紀念的意義，又具公開展演的性質，但，最初始的想法就像千古以來所有遊客喜歡在樹上刻字一樣，只為了遺留一點生命的證據。天地悠悠，我在這裡，為何獨愴然而涕下，因為我幽微的內心非常清楚死亡必將我這個人活過的痕跡抹得一乾二淨，彷彿我從未出生過。在死亡惘視之下，每個人類都希望抵抗遺忘，為自己留下一點雪泥鴻爪，社群媒體上動態打卡，動機可能很膚淺，一個普通人想要藉由公開隱私而得到類名人的光環，吸引目光，搏得眾人的喜愛，但，或許與以往有人不惜上戰場、求功名、寫詩拍電影的動機本質上沒太大差別，不過為了證明自己存在過。我來過，我打卡，因此我活過，如此卑微的人類願望始終沒變。

今晚那家麵攤肯定是一番感人故事。果不其然，淑媚眉眼全彎地說，麵攤已經三十年了，六十多歲的老夫妻倆帶著智障的成年女兒，每天風雨無阻做生意，一年只休除夕夜。當年常有妓女帶著嫖客去吃消夜，生意繁榮，現在華西街沒落了，他們生意受到影響，天天從中午做到半夜兩、三點，收支僅勉強平衡。但老夫婦依然堅持用最好的食材，作出最精純的肉燥，一點不減工。她今晚跟他們聊天，現在老婆婆測出骨癌，老先生有心臟病，他們擔心他們快要走了，他們的女兒怎麼辦，她雖然已經四十歲，智商仍停留在八歲，夜夜乖巧坐在麵攤旁，但，完全無法幫忙做事，連客人點餐都不懂招呼。

「我貼了臉書，叫大家去吃他們的麵攤，建立了募資帳戶，不能去吃麵的人就捐錢。」你不能期待體制，淑媚談起她的渴望，改革社會，讓世界更好，大人們不會自動放棄他們的權力與資源，年輕世代要串聯，臉書是最佳平台，發揮公民力量。

「但很多時候大家只是按讚，不見得有用。」莉蓮說。

「按讚都好，起碼表態，影響輿論。」淑媚堅持。她的正面能量破表，莉蓮有點想吐。

世傑的視線一直停留在淑媚的盈盈笑容，他的微笑同樣如奶油融化般滑順，「媚認為我應該補課。她責怪我太不關心台灣了。」

「對啊，別忘了你是台灣人。」淑媚笑咪咪。

那股熟悉的絕望感又湧上了莉蓮的心頭，海水倒灌一樣凶猛，一下子就淹沒了她整個人。她想要的東西，她永遠都得不到。而她想要的很少，只是做自己的事、跟喜歡的人在一起。事與願違。她恨不得死掉。她覺得暈眩，手腳冰冷，止不住一股想要墮落的感覺，在椅子上坐不住，幾乎要下滑到地面。

她受不了淑媚臉上時時散發的聖光。社會良知若是一場競賽，莉蓮在起跑點就輸了。在淑媚面前，莉蓮根本是個徹頭徹底的假貨，只會在臉書上囈語正義，現實中毫無作為，不參加遊行，不呼口號，不簽名連署，甚至不屑投票。她自以為是善男信女，卻碰上了真正的信徒，對方信仰堅貞，熟讀宗教經書，參加教會活動，嚴格遵守清規，積極傳教，時時準備當烈士。

半年之後，當台灣學生佔領立法院，擴大成一場全面的社會運動時，莉蓮這類人注定要接受殘酷的考驗。因為她把個人放在第一位，她只關心她自己怎麼想、怎麼感受、怎麼活，她的道德圭臬是個人。她比真正的異教徒更糟糕，異教徒因為不懂教義，犯了錯尚可原諒，她理應是他們中間的一分子，而她卻不尊重基本教義，更罪不可怠。她是叛徒。異教徒在最後一刻皈依，仍可上天堂，叛徒的下場只能是地獄。

莉蓮早已身在地獄。她日夜思念的男孩子就在眼前。她將那個草嶺古道的夜晚當作一枚他送給她的貴重指環，珍藏在胸臆。雖然他們連手都還沒有牽，她卻有股樸質的信念，相信他們注定要在一起。那樣奇特浪漫的夜晚不可能時常發生，一定具重大的意義。雖然他們什麼都不曾討論，他就離開了，他們只交換兩封電郵，淡淡交代生活的日常，她卻安心而篤定，一點不懷疑他們之間。她相信她的直覺。事隔幾週，他終於又出現了，他怎麼可能不是回來找她的。然而，他並沒有立刻奔向我，而是先跟這個髮質粗糙的女孩吃飯，還連名帶姓叫我林莉蓮。她絕望地想，他並不愛她。從頭到尾只是她自己一人的幻想。

也許科技發達，一個人已經可以去到很遠的地方，與戀人不用宛如死別般生離，藉由視訊也能一天天看著對方老去。世上已沒有真正的分離，除了死亡。大部分的別離皆為暫時，不過是等待下一次見面。然而，丈量愛情的方法卻從來沒有進化。戀人依然因為無法確定對方的心意而受著無盡的折磨。他愛我，他不愛我，他愛我，他不愛我，一朵花的花瓣不能決定的事，手機仍舊無法幫助。所有的已讀不回，都受到比冥王星傳回來的照片更嚴密的反覆解析，還是比宇宙的奧祕更神祕難解。

愛台灣，比愛一個人容易多了。莉蓮突然羨慕起淑媚。至少動機聽起來高貴，而且能公開大聲說。愛國主義這件事，就像家庭制度，從來最受鼓勵，因為社會這臺機器需要安定，希望個人拋棄自我欲望，以集體的意志為個人的意志。宣稱愛一個國，顯得偉大無私；宣稱愛一個人，除非是父母與孩子這類家庭關係，只顯得自私任性。個人與個人之間，向來被斥之為小情小愛，無關時代宏旨。

莉蓮的自我厭惡多少來自於愛情的無能為力。愛情令她活得卑鄙，自覺渺小，除了一個男人，她什麼都顧不上，像患了重感冒的病患，鎮日渾渾噩噩，昏睡無力，咳嗽就幾乎要了她的命，她死也死不了，卻什麼也做不了。而當這男人當真坐在她面前，她連抬頭朝他微笑的勇氣都沒有。她只能像頭怪物，不知將大手大腳往哪擺，掛著怪異表情，嫉妒另一個女子如何輕盈，毫不費力便捕獲了他的注目。

但可能出自情敵的嫉妒，過度耽溺在惡劣情緒裡，莉蓮對淑媚未免嚴厲了點。淑媚叫世傑別忘了自己是台灣人，或許是偽裝成道德說教的調情方式，可能只不過反映了淑媚本人的深度情結。舉凡出生在這塊島嶼的人，五十六歲的憲宏，四十五歲的我，三十四歲的世傑，二十七歲的莉蓮，我們無時無刻不能忘記自己是台灣人。台灣人，是個魔咒。當台灣人這件事，定義了我們每一人的一生。我們因為是台灣人而受詛咒、受敵視、受侮辱，而自卑、自大、自傲，而互相折磨，彼此鄙夷、踐踏、攻擊。我們說自己是台灣人，卻為了什麼才是台灣人而爭吵。我只想當我自己，做自己想做的事，跟喜歡的人在一起。憲宏問莉蓮，「妳現在不是在做妳想做的事，跟妳喜歡的人在一起？」他緊跟著問她，「妳不是妳自己？」

淑媚想要屬於一個偉大東西，無論是一場社會運動或是歷史革命，只要能讓她覺得她掌握了自身的命運，以證明她存在的價值。大抵，每名台灣人都有這種說不清楚的強烈需求。可能台灣太小，太過邊緣，可能這塊島的歷史過度詭譎複雜，可能我們一直受到各路政治干擾，我們因為說不清楚自己是誰而對自我身分始終擁有不太健康的癡迷，幾近著魔，導致所有的社會討論都要先由定義台灣人開始。我想不起哪個台灣人說起自己是台灣人，不是帶著莫名的自我厭惡，就是浮誇的表演激情。我們不能只是一名媽媽、歌手、水電工、火車模型迷或是園丁，我們總先是台灣人，因為我們需要對抗的東西實在龐雜無形，難以名之，總是不知如何說起，我們的社會以及國際處境讓我們無法專心當自己。而小心小眼小鼻子的莉蓮只知道自己愛著一個男人。這個男人，已構成了她整個存在的焦慮核心。她人生的困惑來自於她想要成就一個「自己」。她沒想到她需要不需要一整個台灣，她只關心她自己，那是一種活在太平盛世的特權。然而，二次世界大戰後的冷戰結束、進入二十一世紀初的臉書紀元，莉蓮和淑娟所生長的這處桃花源村，無論你喚做中華民國、台灣、中華民國在台灣、中華台北，隨便你要動用什麼凶猛的政治語言攻擊他們的國族處境，這群村民已經學習而且習慣了長期生活於歷史的黑洞裡，任宇宙運轉，周圍的星體大量遭歷史的重力場吞噬，雖然身不由己，無法逃逸，卻也安於無光的所在，斧鑿出他們的小確幸奇蹟，在世界的持續動盪中，平安存活了這麼久。

然而，太平盛世心態的莉蓮之所以討厭淑娟，恐怕並不僅僅因為淑娟是情敵，成天將政治正確當作一種高貴的性魅力來賣弄，而是因為她認得出淑娟跟她一樣是個假貨。

她見識過貨真價實的革命分子。大學時代她交過一位女友。對方大她七歲，長年從事社會運動，叫王艾菲。那是她真正的初戀，前面交往過的男孩子都不算數。兩人交往一直到了她出國唸書才斷了。

王艾菲當時二十九歲，在莉蓮眼裡，她代表了一切真善美的標準。王艾菲長髮烏黑，卻總是隨隨便便紮條鬆散的馬尾，臉小，五官立體，運動員身材，有一雙莉蓮見過最懾人魂魄的深邃眼瞳，像湖水一樣隨著光線變化而波光流轉，一年到頭黑色牛仔褲外加一雙短靴，脂粉不施，愛看沒大腦的好萊塢片，可以一個人一個晚上喝掉八瓶台灣啤酒，最喜歡的食物是加很多辣椒的蚵仔麵線，配一盤泡菜堆得尖尖的臭豆腐，唯一奢華的嗜好是進口菸絲。坐在入了夜的路邊攤，吃完辣椒比蚵仔多的麵線，滿嘴大蒜味，王艾菲從口袋掏出菸袋，剝一小撮菸絲，差不多小指尖那麼大，鋪到一張薄紙上，瘦指頭老練快捲一根長長的白菸，任車輛呼嘯，人潮推擠，王艾菲仰首，朝著無星夜空，吐出一口悠長的白霧。煙霧以最緩慢速度漫開，彷彿魔術，在黑夜畫布上，塗出一團光。

王艾菲身上有種幾乎像空氣般透明的出塵氣質，神情總是鎮定。第一次見面時，莉蓮以為她的職業是戰地記者還是紅十字醫療人員，或是歷經過某種人生大爆炸，好不容易歷劫歸來，從此改變了她的生命哲學之類，因之帶點劫難生還者的超然冷靜，長年出生入死因而什麼都不怕的自在從容。

莉蓮對人家一見鍾情。

王艾菲跟莉蓮從小碰到的人都不一樣。那些人從小遭升學功利主義洗腦，對他們來說，知識僅是平步青雲的梯子，幫助他們成為社會菁英，所以他們可以名正言順踩在別人頭上。他們好勝心強，永遠處於高度競爭狀態，自認飽讀經書，資訊發達，從不認為自己可能犯錯，他們的自信來自指尖，活在網路搜尋引擎的時代，手指滑一下，萬事萬物皆有了明確的答案。當這些人嚷著要改變世界，不是為了誰，就是為了自己，因為他們信心滿滿自認天生要當人上人，任何人事不能幫助他們達成目標，他們就不感興趣。雖然莉蓮在台灣的教育系統生存了下來，考上不錯的大學，但她依然不習慣那種凡事要第一名的競爭心態。因為第一名只能有一個，把所有人踩下去，才能顯得自己個頭高。網路加劇了這種變態競爭，藉由爆料別人的愚蠢，呼眾道德審判，只要別人醜了，爛了，毀了，自己便一枝獨秀。莉蓮戒不掉臉書，但她每回滑臉書，心情都會不好。那些假裝自貶、實則自褒的貼文，那些呼之欲出的醜聞祕密，那些原本需要幾年沉潛的功夫一下子就被花拳繡腿替代了。雖然網路改變了社會的知識結構，拓展了資訊傳遞的寬度與速度，但人性依舊如故。

遇見王艾菲，就像長時間待在空氣呆滯因而發臭的封閉空間，突然有機會推開門，來到戶外，新鮮微風夾帶花香草香、河流氣味，撲鼻而來，一個人頹靡已久的精神終於清爽振奮。莉蓮體認到自己麻痹已久。她自認看穿事物的真相，不自覺合理化了周圍所有人的功利計算，以為那就是大人的世界。她討厭長大這個概念，就是因為她不想變成大人。可是她別無選擇，只能一直長大。王艾菲是個大人。但她不一樣。她似乎具有強大的生命力量，能教時間停止，令萬物安靜，只為了讓一隻烏龜好好過馬路。

她以前認識的人都是蘇淑媚，就算看似做了無私善舉、參加社會運動，也像在累積一張輝煌的個人履歷表，確保全世界知道，她在現場，跟什麼人混，都做了哪些超酷的事，到處打卡，上載合照，以見證那個他們即將改變、或已經改變的時代，更正確地說，見證那個即將改變，或已經改變時代的他們。在場性是一切。與其說蘇淑媚這類人是革命分子，不如說是災難觀光客。動態打卡出現後，別人家的苦難，成了這類災難觀光客的新景點，透過網路的擴散作用，幾乎已成了一場新種的全球化運動。世上哪裡發生地震、戰爭、風災、政治抗爭，他們就趕去現場自拍打卡，留下一個美麗的身影。就某方面來說，這類災難觀光客的初衷或許真誠感人，關切社會不義，卻如同米蘭昆德拉小說《生命不可承受之輕》的左派知識分子弗蘭茨，為了集合全世界的弱勢一致團結，以便進行一次偉大的進軍之際，不自覺地，造成了各式各樣的政治媚俗，甚至也許違反了他們的原始動機，廉價消費了弱勢者的痛苦，在網路世界，變成另類觀光的旅遊體驗。他們迷戀災民、窮人、政治難民、基層人民的臉孔，因為這些臉孔，這些「普通老百姓」，就像散落四方的彩色玻璃碎片，可以用來拼貼、逐一鑲嵌成一張災難觀光客自己本身的容顏，貼上社群媒體，看起來就像一張革命英雄的照片。對許多人說，說不定切．格瓦拉之所以是切．格瓦拉，並不是因為他們真正知道他在活的時候做了什麼事，而是因為他有一張面容俊俏的戴帽照片，廣為流傳，他們覺得很帥，容易辨識，他們像崇拜偶像一樣把他的頭像印在T恤，穿在身上。社群媒體在此陷入一種偉大的弔詭：話語權看似下放群眾的同時，即使在最大善意的社會環境之下，個體依然只是用來拼湊社會神話的無名彩色碎片，你以為自己能掌握的那些無數的私人的小小的喜歡或討厭，仍然是遭到利用、操縱、觀測以及剝削的對象，變成大型造神運動的一塊磚。

與其說蘇淑媚對苦難者有強烈的情感，不如說她對她自己正在救助苦難者的臉孔更有感覺。蘇淑媚總是在網路上展演，王艾菲沒想過需要向別人交代自己在做的事。蘇淑媚藉由別人的災難替自己塑造了悲天憫人的形象，而王艾菲像是一個寒冬深夜在所有人熟睡時出門掃雪的人，沒人察覺她的活動，只知道大雪過後的隔天清晨上班路途出奇地順暢。蘇淑媚覺得自己每天都在寫歷史，王艾菲活得像一個沒有歷史的人，她像一隻狗，行走在地表上，邏輯簡單，是非單純，她不陷於人類道德的固執，但憑善的本能，過一天算一天，從不計畫未來。她幫助未婚懷孕的少女、遭父親性侵多年的女兒、飽受家暴凌虐的阿嬤，類似她早上起床後第一個念頭是決定煮杯咖啡，於是她就煮了杯咖啡，那般簡單自然，只是日常的習慣，而她完成看似不可能的任務之後，她也宛如一個剛喝完咖啡的人，露出微笑，輕輕鬆鬆，繼續下一個日程。行善是她的生命，不是她的野心。

莉蓮難以抗拒她那股輕盈而自在的魅力。她讓一切都顯得那麼天經地義。莉蓮第一次吻她的嘴唇，她的眼睛因為驚訝從頭到尾瞪得圓圓的，莉蓮從來沒有見過這麼晶瑩如寶石的瞳孔。

莉蓮迷戀她。那段日子，她想當王艾菲的鞋子，所以王艾菲去哪裡，都必須穿著她。她喜歡跟著王艾菲穿梭於在城市人群之中，伸臂互勾頸項，湊耳講些下流的笑話，調戲對方。她學情人穿牛仔褲，套小靴子，她開始抽菸。捷運上她們坐在彼此身邊，裝作萍水相逢的陌生人，一本正經調情，還互留假名假電話號碼。兩人共用一瓶香水，所以就算不在一起，都能在自己身上聞到對方的味道。王艾菲消除了她對生命的寂寞不安，覺得活著這件事還不錯。她對生命的所有想像似乎不差，她可以不是廢人，她的人生不算完全浪費掉。當我們愛一個人時，是因為我們喜歡跟那個人在一起的自己。

直到她們之間介入第三者。對方比情敵更棘手，是王艾菲的老闆。她們是一個結構鬆散的公益組織，美其名為基金會，其實是一間私人公司，經費拮据，員工薪資極低，沒有相關保險，而老闆管理員工的方法就是跟她們搏感情，用道德喊話，扮家家酒假裝大家雖然沒有血緣關係卻是真正的大家庭，以忠貞代替專業，意思就是一年三百六十五天、一週七天、一天二十四小時隨叫隨到，沒有休假，沒有加班費，因為大家都是為了理想熱忱在做這件事，做對的事，沒得後悔，抱怨的人絕對是混蛋，缺乏社會良知。王艾菲的老闆是一個有點文名的中年女人，留過洋，社交手腕高，台北市就這麼點大，誰都認識誰，她時常吹牛，以她的人脈和她在圈子裡的名氣，她今天要入閣，完全輕而易舉，王艾菲和她的同事們也相信，因為她們從小熟悉的台灣社會一直照這套遊戲規則在運轉。你累積一點聲望，混對圈子（或說，混對圈子，累積一點聲望），你就能攀上權力金字塔的頂峰。

老闆得知王艾菲交了女友之後，愈加緊迫盯人。老闆先半開玩笑，要王艾菲千萬可別因為戀愛分心，怠惰工作，接著哀嘆自己單身寂寞，早知道王艾菲喜歡女人，老闆她就投懷送抱了。拉王艾菲加班，陪她消夜，有時半夜睡不著，一通電話找王艾菲，將自己的煩惱私事當深夜廣播放給王艾菲聽，到清晨五點多，終於倦了，要去休息，掛掉電話前最後一句，交代王艾菲別忘了早上九點一定要準時到辦公室，因為自己這下子會睡到中午。傍晚看見莉蓮在辦公室門外探頭探腦，等王艾菲下班，老闆笑得輕浮，又是那種半開玩笑語氣，喂，艾菲，妳的小蕩婦來了，可別叫她等太久。她們搞社會革命的人，不怕猥瑣，各種髒話都琅琅上口。

莉蓮卻生氣了，等王艾菲好不容易下班，一出他們公司，兩人爭執，一路吵到夜市。王艾菲四兩撥千斤，老闆只是玩笑，別解讀過深，莉蓮堅持這不好笑。

王艾菲伸手撥她頭髮，「但她沒說錯呀，妳是我的小蕩婦。」

就要過來吻她。

「為什麼妳老幫妳老闆說話？」

「我沒有。」

「妳是不是愛上她了？」

「胡扯。」

「這不是正常老闆跟部屬的關係。」

「我們本來不是。我們是革命夥伴，關係平等。」

「那她為什麼要控制妳？」

「我們大家做這件事都心甘情願。」

「那她為何擔下所有的功勞？媒體報導她，她從來不提妳們的名字。」

「那是因為她本來就有名，媒體只認識她。」

「妳愛她嗎？」

「太無聊了。」

「我認為她在剝削妳。」

「別傻了。」

「我要妳離開這份工作。」

「妳在講什麼？」

「離開她。」

「妳瘋了妳。」

「這份工又沒錢又沒前途，我不曉得有什麼好眷戀的。妳三十歲了，跟妳同齡的人有外國文憑，住市中心，固定收入，天天出國玩，吃好的，穿好的，看看妳，住那麼遠，每天花一個小時通勤，老吃夜市那些炸的油的，換來換去就那麼兩條牛仔褲，我們從來沒一起旅行過，因為妳賺的錢還不如妳幫助的那些援交少女來得高。三十歲之前當無產階級，叫波西米亞，三十歲之後還是無產階級，叫魯蛇。妳只是魯蛇。」莉蓮說。

夜市入口，燈光撩亂，人潮湧動，王艾菲眼神可怕，五官比平常更凸顯，額頭有條青筋在跳動，莉蓮閉緊雙唇，不改倔強表情。

「妳常常無意間出口傷人，我本來以為妳年紀還小，不懂自己在講什麼，現在我才知道妳不懂的，是我。」王艾菲轉頭要走，莉蓮哇地爆哭出來，雙臂如蟹腳一般緊緊箍住她，不讓她走。王艾菲要掙脫她，她更死命使勁，連一隻腳都上勾到王艾菲的腿，整個人如無尾熊抱樹纏繞對方。兩人當街大演鬧劇，路人看熱鬧也不管，一推一拉，莉蓮硬生生轟然倒地，磕出血膝蓋，仍不放手，兩隻手仍強力攫緊對方的腳踝。終於，王艾菲心軟了，蹲下來，抱住莉蓮，兩人醜臉對泣，哭到視線模糊，莉蓮的隱形眼鏡哭掉了一隻，路過人腳雜沓，卻紛紛小心翼翼沒踏上她倆。

莉蓮扯開心胸，「不管未來如何，即使我們分手了，我發誓，我愛妳直到生命的盡頭，不，直到時間的盡頭。」這是她平生第一次的愛情誓言，她想都沒想，那是她高中聽來的歌詞。但她如此真心誠意，眼淚簌簌掉不停，她完全被她們的愛情感動。她相信自己對王艾菲的愛情會走到地老天荒，在她們的生命都結束了之後，就算地球毀滅，宇宙崩解，仍會繼續。

畢了業，父母堅持下，她旋即出國唸書，要王艾菲承諾等她。起初兩人仍緊密聯繫，訊息聊天，覺得性愛視訊真新鮮，彷彿，隔開她們的，不是海洋，不是洲際大陸，不是換日線，而是台北市的幾條街，幾棟樓房，只是一個夜，等天亮了，她們僅僅需要快步走過兩個路口，就能見面擁抱。但是即使在同一座城市，戀人也會無緣無故走散，沒多久，她們的視訊性愛因網路越洋通訊時常不穩定而中斷，兩人皆因身體的距離而筋疲力盡，她的清晨是她的薄暮，她的半日是她的半夜，當王艾菲沒有辦法及時回話，而間隔落差不必是一天兩天那麼長，只要五分鐘、半小時，莉蓮內心已產生極大的不安全感。紐約進入冬季的第一天，日照變短，長夜漫漫，莉蓮找不到王艾菲，她用盡各種科技，手機、電郵、多種社群軟體，去基金會網站漫遊，偷窺王艾菲朋友的臉書，異鄉孤燈下，她的臉因為熬夜而浮腫，她的眼神反映著人工光線而顯得憔悴，天光漸亮，她終於不支，昏睡了過去。醒來，孤單單一則留言，留在臉書，「忙了一天，現在才結束。我想妳睡了。明天再說。親親。」

整個週末，她像名副其實的遊魂，飄在大街上，這座城市的人們發出各種奇怪的聲音，快速講各種她完全聽不懂也想像不到的語言，各個角落飄散她從沒聞過的香氣與臭味，大量人潮流進流出她不認識的高樓大廈，她突然在一處地鐵入口停住，愣愣發呆，一直有人不斷撞上她的肩膀，高聲抱怨她擋路，她終於明白自己是一個人了。到了週日晚間，她掐準王艾菲週一上班的時間，直接打長途電話，王艾菲接了起來，背景是捷運站的聲音，王艾菲語調柔情，問她好不好，解釋週末有場多元成家大遊行，大家狂歡整晚，好玩極了，但她累到趴，且喝到茫。

莉蓮眼眶溼潤，阻止不了自己哭泣，王艾菲在另一頭聽見了，停頓。兩人不講話。列車進站，列車離站。莉蓮啜泣，王艾菲呼吸。

莉蓮問，「是不是結束了？」

王艾菲說，「如果這是妳要的。」

結束了。

莉蓮以為自己會死，但沒有。她覺得自己心理不正常，因為她時常無端端嚎啕大哭，淚水流乾，眼腺發腫，仍在乾嚎，一直到身體噁心想吐才停下來。她變成一具活殭屍，上課聽講，去圖書館，回住處熬夜寫報告，她住在紐約，但她沒錢也沒心情做其他事情，她把一切歸於課業壓力。後來她看了一部法國導演雅克·德米的片子《瑟堡的雨傘》，片中，情人去當兵，不知歸期，懷孕的女孩不知該怎麼辦，哭倒在母親懷裡，宣稱她會死，母親安慰她，不會的，你不會死，只有在電影裡，人們才會因愛而死。莉蓮活了下來，如期畢業，回到台北，講起紐約留學這段日子，皆是有趣的快樂回憶，沒有蒼白，只有彩色。沒人看出來，她也沒告訴任何人，她感覺體內老了一千歲。

蘇淑媚繼續講她關心的種種社會不公義。莉蓮分了心，連她在這個夜晚前半段篤信是人生真愛的世傑都無法叫她集中注意力，她幽幽思念起王艾菲身上的香水味，聞上去沒有功名計算，沒有階級剝削，沒有以上對下的憐憫，沒有知識分子的身段，只有信念，只有人性，只有平等，只有愛。

時間剛過十二點，她覺得夜深了，該打道回府。她心不在焉滑開手機，看見九次未接來電，五條簡訊，臉書兩條留言，皆來自李憲宏。蘇淑娟停頓，露出可憐的笑容：「我沒有智慧型手機。」

又來了。莉蓮抓著機子的手滑到桌底。

「我也沒有。我太小氣了，這支台幣一百元。」王世傑拿出他的傳統按鍵式手機。

酒館音樂難聽，調酒難喝，社交使她疲憊，抵達不了的愛使她憤怒，她找了個藉口，聽起來很勉強，準備離開。世傑瞄了她一眼，時間差不多了，要走，大家一起走吧。拆帳付錢，重新來到清涼的夜街，莉蓮很快道別，世傑拉住她，等等，我們同一方向，我送妳。另外幫蘇淑娟叫了一輛車，擁抱她，幫她關車門，女孩一臉無可奈何地走了。

「現在是怎樣？」莉蓮無法抑制自己的不耐。

隔天早上，世傑在她的床上醒來，而憲宏正咚咚猛烈敲打我公寓的門。

「你看了到嗎？」我一開門，憲宏將他的手機堵在我臉前。

「昨天半夜十二點，就已經上了網站即時新聞。」我轉身進屋，他尾隨。

「一早起床，我成了全民公敵。」

「上床前就是了。」

「我只是去吃個飯。」

「喝過咖啡了嗎？」

「全是瓊瓊的朋友。路上還塞車，七點的約，快八點人才到齊點菜，一小時內吃完，閒扯兩句，我根本不記得自己說了什麼，不到十點就散了。」

「你要不要咖啡？」

「我跟這個年輕人昨晚吃飯第一次見面，現在連他的長相聲音都忘了。感覺就像喝醉了酒，隨便找人一夜情，隔天早晨，赫然發現，網路上有自己跟這個自己從來沒記住臉孔的陌生人的性愛錄影帶，四處流竄。簡直噩夢。」他扶著他的前額，彷彿果真宿醉未醒，絕望地想要在腦容量裡搜尋關於昨夜種種的碎片殘屑。

「你到底說了些什麼？」我倒了咖啡給他。

「我告訴你了，我根本不記得。然後，報紙記者居然直接抄他的臉書，一字不改。現在的記者，抄臉書就算跑新聞了。至少來找我查證一下吧。」

「別不公平，記者也抄PTT，不只臉書。」

「你聽，」他拿起手機讀，「李憲宏感慨台灣黃金年代結束，現在年輕人終日小確幸，不放眼世界，只看肚臍眼，遭七年級戰神狠批世代傲慢。七年級馬佑明是網路紅人，勇於針砭時事，風格犀利，打臉文高手，堪稱新世代戰神，綽號『戰斧』，他的筆是一把利斧，無論砍向何方，皆殺得對方片甲不留，血流成河——記者還以自己在寫武俠小說——戰斧在臉書發文，說他與一群同齡朋友吃飯，創意教父李憲宏來插花。年輕人窮兮兮，合點了一些便宜的熱炒，五十六歲的李憲宏遲到三十分鐘——週末塞車，瓊瓊在我車上，她說沒關係，後來還有人比我們更晚到——坐下來之後，嫌他們不會點菜，當場加點一條八百元的清蒸鱸魚，還凹廚房做兩道菜單上沒有的咖喱螃蟹和干貝炒青菜，開瓶法國紅酒獨飲，沒分給在座任何年輕人——我問了，沒人要喝，他們全喝鮮榨果汁和礦泉水，我還以為飲料是個人選擇——喝到一半，李憲宏突然放下酒杯，批評現在年輕人全不上進，不肯吃苦，活在父母庇蔭下，日子很好過，自稱魯蛇，逃避人生，萬事消極被動，只有上網和消費兩樣最積極進取。不如他那一代人精采迷人，情感豐富，理想性格，浪漫而叛逆，不怕與時代拚搏，因而開創了台灣社會各方各面的黃金年代，李憲宏舉例他的名人朋友，外商總經理、部長官員、教授學者、電視主持人、電影導演、小說家、報社總編輯等等，正好是當今台灣權貴圈子的縮影，驕傲指出他的朋友們都是三十歲之前就成名立萬，迄今仍十分活躍，領導社會。戰斧指出，真是突破盲點，正因為他們老一輩迄今仍十分活躍，領導社會，也就是長期霸佔權力資源，阻礙年輕人發展，害年輕人接不到位子——什麼位子，位子不是接來的，而是自己爭取來的，我一輩子靠自己，誰給過我什麼——戰斧說，李憲宏屬於戰後嬰兒潮世代，第一代沒吃過苦、平安長大的台灣人，當他們成年，台灣經濟剛好起飛，外商紛紛進來，比起他們的父母輩因為戰亂而失去了教育，只求溫飽，他們教育完整，歷經現代化洗禮，學會全球資本主義那一套邏輯，一出社會，立刻以他們的社經優勢殘酷淘汰了老一輩，不過，也因為老一輩太疼惜他們，願意給他們機會，提拔他們，讓他們發光，他們可說是在老一輩呵護下嬌貴長大，而現在他們卻不願意為下一代做同樣的事。李憲宏他們的出生不是來開創台灣的黃金年代，而是享受台灣的黃金世代，當時全世界都在冷戰，台灣是自由燈塔，地表上中國文化的唯一代表，全中國年輕人都鎖在中國，美國經濟龍頭帶著四小龍向前衝，他們只要大學畢業就有優渥工作，出國有獎學金，沾過洋墨水之後不得了，進企業高薪起跳，碩士文憑就能進大學教書，終身薪俸，不像戰斧他們這一代滿街失業博士，有幸進大學教書還要燒肝拚升等。以前外商找台灣總經理，只會講英文就行了，而今外商全去了中國，連本土企業都跟著西進，放棄台灣市場，台灣年輕人跟著過海去當企業白領的時代也過了，中國崛起，早孕育了自己的新世代，台灣人才再沒有了優勢，而台商債留島內，錢流對岸，用二十二K低薪欺負自家年輕人。況且李憲宏講那個百花齊放的台灣黃金年代也不是真相，台灣的經濟繁榮只是靠廉價代工而來，在全球製造業最低層賺血汗錢，就像今日的中國，靠污染家鄉的土地、剝削家鄉的勞工來巧奪經濟指數成長，當其他貧窮國家更不惜犧牲環保，能夠提供更便宜的勞動力，工廠逐漸外移，而台灣錯失轉型機會，只能面臨經濟萎縮的命運，倒楣的是他們後來出生的這些台灣人，他們沒有見識到台灣經濟的榮景，只無辜繼承了百業蕭條的社會。為什麼台灣經濟沒有在該轉型時轉型，因為大人們富裕了，日子舒服，何必那麼辛苦，同樣代工模式從台灣到中國到越南，只懂壓低成本來增加利潤，從來不懂得創新。至於李憲宏說的藝術黃金年代，更是好笑，那種花叢錦簇的假象只因台灣當時是一處四面圍牆豎立的封閉花園，賞來賞去就那幾朵花，從前觀眾沒選擇，只能看三家電視台、讀三大報紙，聽國內歌手的歌、讀國內作家的書、看國內導演的電影，報紙副刊登篇短詩，你就紅了，現在，做音樂、拍電影、搞文學，都要面臨全球的競爭，且不管台灣經濟有沒有下滑，市場肯定擁擠多了，電影要跟好萊塢強片打，電視劇要跟日韓美劇爭，以前無網路，沒有串流概念，他是哪一點不懂我們所面臨的時代壓力？李憲宏那一代人佔盡台灣的好處，成了既得利益的階級，將台灣吃乾抹淨，不留任何殘羹剩菜，現在利用剩下不多的台灣優勢，進軍中國市場，賺了錢只懂得回來炒高房市，我們年輕世代苦哈哈領低薪，一半薪水拿去付高得嚇人的房租，還要付稅供他們那一代退休養老，支撐他們立即享用福利的健保制度，青春成了新貧的代名詞，找不到工作、買不起房子、養不了孩子，我們不是因為好玩而自稱魯蛇，我們就是名副其實的魯蛇。他問為何三十歲的我們不像當年三十歲的他們那麼有出息，不僅傲慢無知，根本殘酷無情。」他越唸越慢，停下。

「世代是新的階級觀念，你最好習慣。」我說。

「我不記得我們有他講的那麼好命，我們出生時台灣真是篳路藍縷，很多人赤腳上學，一黨專政，政治高壓，資訊封閉，台灣是亞細亞孤兒，與世隔絕，知識仍處於混沌的蠻荒期，戰亂打碎了我們父母那一代的世界，他們只求平安，根本無法帶領我們如何面對世界，我們這一代人自行學習，黑暗中摸索長大，有人去坐牢，有人開公司，有人學新知，我們什麼都沒有，什麼都不知道，我們只是先做了再說。我以我們這一代人為傲。他們怎能這樣一筆勾銷。」

「你看看，你也不給你們父母那一代一點功勞。」

「你是五年級，怎麼看？」

「對你來說，五年級的觀點向來不重要吧？」

「你們五年級總是那麼狡猾。」

「我不知道自己是五年級，直到你們四年級發明出這個標籤。就像一個加拿大出生長大的日本人到了紐約，才被告知他是少數民族，之前他並不知道自己的膚色叫做少數民族，以為自己叫加拿大人。你叫我五年級，只是為了表示我跟你不同，好吧，我確實跟你不同，我喜歡甜食，無論是什麼甜食我都愛，而你不喜歡甜食，無論是什麼甜食你都不愛。」

「你就是五年級，幹嘛老不承認？」

「因為我從來不曉得你所謂的五年級究竟什麼意思，你老愛講五年級、五年級、五年級，講了好幾年，我還是不懂這個名詞的文化意涵，當你講我是五年級，就像標籤我是猶太人、原住民、黑人、女人、難民、外勞，你想要暗示你對我的刻板印象、或根本有歧視的嫌疑，我當然不見得需要接受。」

「人是社會的動物，一個人不可能完全不受自己的出身背景、性別膚色、語言文化影響，我們要打破這些限制，但，也不可能完全忽視一個人之所以是他自己的重要因素，這無關偏見。」

「你既然那麼相信年級，又何必跟一個七年級計較？他一定跟你想法不同。」

「歷史並不如他所描述的。我真正活過那段時光，我懂我在說什麼。」

「歷史從來只跟詮釋權有關。他屬於未來，他的時間條件比你強一點。如果沒有意外，他會活得比你久，你死了之後，他要怎麼詮釋你和你的年代，那是他的權利，你完全無法置喙，想想後來史官怎麼用父權語言糟蹋武則天，她能怎麼辦，她死了，沒法砍掉所有人的頭。屍體不能說話。」

「我還不是屍體，我還活著。」

「也許是你自己活得太長。這好像就是戰斧想要表達的重點。」

「活過、並活下來的人才有資格宣稱自己是時代的見證者。」

「見證者的功能是說故事，然而，說故事的角度與方法就跟阿米巴變形蟲一樣隨時可因地時宜而改變，不要太認真。你的歷史也只是你的故事而已。」

「我不同意，歷史是客觀事實。」

「歷史都是人寫的，有人，就避免不了主觀。想要客觀，就先承認主觀。依我來看，一名優秀的歷史學家其實是上乘的小說家，他們一樣收集了人的資料，人名、年代、地點，以自己的視角觀點，寫下他們認為發生過的事。今天我們公認的歷史版本，就像一部流傳已久的經典小說，因為太好看了，說服了最多人，不管如何改朝換代都始終高踞暢銷排行榜不下，變成你所謂的客觀事實。即使擁有在場性，都可能出現羅生門。你怎麼知道劉備是好人，曹操是壞蛋，他們都在爭奪天下，就像美國舉行總統大選一樣，哪個候選人不是使盡各式爛招，爭得你死我活，務求勝選，三國志是蜀漢故臣寫的，三國演義延續了民間保皇派的情愫，小說家跟歷史學家各寫了自己的版本，但你一個現代人坐時光機回去，說不定你反而贊成曹操對現代國家的觀念，認為劉備不該因為血統就自認有權得天下。我們認同某部歷史，因為它反映了我們自己的觀念，符合我們活人的需求，所以我們選擇相信。」

「所以下頭一萬多個讚，代表戰斧的版本說服了最多人？」

「全台灣兩千三百萬人，一萬多個讚真的沒什麼，只相當於夜市炸雞排攤的來客數，還不夠撐一家百貨公司。」

「這只是一個夜晚，按讚數還可繼續增加。」

「有可能。但你也別太擔心，人們按讚很多時候只是純粹趕流行，不具任何深意。流行就像海上的風，隨時會轉向。生命有多麼庸常，人生就有多麼沉悶，低腰牛仔褲、韓國電影、理科太太、金澤、麻辣火鍋、馬卡龍，新事物、新觀念、新行為出現在日常的海平面上時，平常頸子被生活重量壓入大海隨時都有即將溺斃感覺的人們難免眼珠發亮，奮力抬起頭來，爭先仿效嘗鮮，猴子看、猴子做，有樣學樣，說是表達自我，排解無聊也好，他們之所以趕流行，為了證明自己還活著，還有能力做出改變。流行通常難以解釋，群眾甘願盲目，廣泛到濫。有時候碰上壞流行，像是納粹、白色恐怖、中世紀宗教，就像擋不住的瘟疫，迅速蔓延，毀掉千萬人的性命，影響好幾代人的命運，直到死神再也找不著下手的地方，突然，剎那間，停了，鳥照鳴花照香，社會像一時受阻停駛的火車頭，重新啟動上路。偶爾也會出現好流行，像是梵谷的畫、李白的詩、伯格曼的電影、民主選舉、反核運動、婚姻平權、甜筒冰淇淋、咖啡。好流行多點，就是太平盛世，壞流行強些，就是黑暗時期。」

「李憲宏是壞流行？」

「李憲宏本身不是流行，喜愛或憎恨李憲宏才是流行，從昨晚半夜十二點開始，台灣流行憎恨李憲宏，就像三十年前台灣流行崇拜李憲宏，那股情感驅力才是時髦的重點，名人文化就是這麼來的，而名人文化無所謂好壞，只是時裝的花色，難說好看不好看，只是不同。」

「我不是膚淺的名人。」

「不要認為這真的與你個人有關，那只是社會潮流的自然現象，潮來潮往，名人載浮載沉，你是誰根本不重要，群眾不認識你，也不想真的認識你，他們不在乎你是黑是白是貓是狗、還是無生命的吉祥物，他們只是需要借用你的十五分鐘，來確認自己的社會隸屬感。透過與他人一同討厭一件事或一個人，他們因此形成一個有形或無形的團體，感覺享有共同的價值嗜好與道德情感。對他們來說，你是亨利四世、湯顯祖還是波布，搞法律的、寫字的還是算帳的，你內心是否寂寞，你人生是否快樂，皆無所謂，他們在你身上要看到的是他們自己，你只是他們舉在面前的鏡子。社會隸屬感對我們這個國族認同超級混亂的社會來說，真是太重要了。至於一個人要不要趕「討厭李憲宏」這場流行，那關乎團體內的道德壓力，跟、還是不跟，隨眾、或離群，取決於一個人與其他人之間的倫理關係。大部分人都會選擇追隨，不見得完全認同，只是抗拒潮流太費勁，他們寧可默默淹沒在黑壓壓的無名大眾裡，尋求安全感，至少當石頭統統丟往同一方向，就不會往自己這邊丟。」

「後面那一段，你在講你自己。」

「對，我在講我自己。也在告訴你，那些讚不是天上的星星，不會永恆。流行會過的。學電影裡的黑道，惹了禍，出城避避風頭，過一陣子沒事了再回來。」

「我不同意。你瞧，這就是我昨夜跟戰斧說的，我這一代人仍相信有些崇高價值高乎個人性命，值得犧牲一切去爭取，像是真善美，那就是普世價值，一種客觀的美學標準，放諸四海皆準，世上不是任何事情都是相對主義。」

「天啊。」

他神態堅定地伸手抓起咖啡杯，「我要回應他。」

「千萬不要，你千萬不要回應。」

「為什麼不？」

「挑釁就是為了製造衝突，衝突原本不存在，你一出手，就證明了衝突的存在，證明他是對的。這種事最好讓它默默消失，遺留在網路搜尋的最末頁面，以後再沒人費事去找。」

「我誠誠懇懇寫一篇文字，好好回他，應該會得到善意的回覆。」

「我不認為這是好主意。我們談的是網路。」

「又怎樣？」

「先生，你懂網路嗎？那是一頭暴躁且善忘的野獸，但在牠忘了你之前，你早已被牠撕咬到血肉模糊，身上半片完整皮膚都不剩。」

「網路還是人在用的。我對人性有信心。」

「你問過你的七年級了嗎？」

「昨晚本來要送她回家，她給我看了戰斧的臉書，跳下車走了。一直沒接電話。」他喝了一口咖啡，抱怨咖啡是冷的。

「別說我沒警告你。」

「我待會進辦公室就來寫。」

「科技已經徹底改變了我們的世界。」

他看著我，「這點，乃歷史事實，肯定世代共識，毫無爭議。」

兩天兩夜之後，李憲宏駕車，沒往辦公室，而駛向台北盆地周邊丘陵，探望他的母親。他筋疲力盡，眼壓過高而太陽穴隱隱作痛，過去四十八小時一直掛在網上，與具名或不具名的各路網軍唇槍舌戰，他彷彿一名身心俱疲的士兵，從硝煙猛烈的戰場短暫休假，回到家鄉，雖然四周景物不變，空氣仍像記憶中那般飄散淡淡七里香，鄰里依然平靜過著他們一成不變的小日子，但，他卻恍如隔世，感官迷惑，不知如何自處，不曉得遠方的燃燒戰火還是故里的潺潺河水才是真正的、所謂的現實。

山麓彎彎，滿目蓊鬱，氤氳繚繞，植物水氣加上海島溼氣，即使沒在下雨，空氣依然凝重得足以擰出水滴。他沿著曲折山路慢慢行駛，感覺自己也像穿上太空衣的太空人，這輛車是他的太空艙，隨著坡度往上爬，他就要穿雲破霧，掙脫地心引力的控制，離開地球，往銀河系奔去。太空旅行，脫離日常的時間感，太空人離家三個月，彷彿李伯大夢，回來地球時間已經流逝五十年，連自己孩子都當了祖父。

他上了山又下了山，僅僅一個上午，實體生活裡的三小時，說不定對他手機裡的網路世界來說，他相當於去了一趟銀河系，百萬光年流逝，地球早已瀕臨毀滅。平行世界，多重宇宙，人們曾經將異時空經驗，解釋為夢境，現在，李憲宏已經知道，那叫做網路。滑開手機，一堆永不交集的平行宇宙全在裡頭，比紐約地下鐵的細菌還多，比天上繁星顆粒還擠。

他很少去看他的母親。這是很奇怪的事，因為他從小跟母親最親。他是獨生子，母親是新女性，原本誓言不婚，三十五歲才碰上他的父親，三十八歲才有了他，對他既教育嚴明，又格外溺愛，不捨得他離開身邊一步，到哪裡都要帶著他。他出生時，母親的朋友們都已中年，他們的孩子也各個青少年，他從小習慣了自己是聚會中年紀最輕的那個人，從來不覺得跟比自己年紀大的人聊天是個問題。而今，他往往是房間裡年紀最老的那個人，他也不覺得跟比自己年紀小的人相處會有什麼障礙。年齡差距、世代隔閡，就像性別議題、省籍抗禮，他一直以為自己不受影響，因為他自認他讀書、旅行，跟不同宗教種族語文的人做朋友，生活經驗擴展他的心胸視野，他那麼理性又擅長思考，會禁止自己掉入偏見的圈套。而整個週末，網路上那些自稱是年輕人的人，便是姿態激烈地指謫他的視角偏頗，罵他如何受限於自己的年代，心智遭年齡蒙蔽，他們以嘲諷語氣稱他為「長輩」，意思是與時代脫節的老賊，語言乏味，自以為是，不知羞恥地賴活，彷如他應為了自己快六十歲卻心肺健全、四肢敏捷地行走地球上這件事道歉。

多老才算老，多小才是小。年齡是相對值，還是絕對值。我們活在一個世紀，一個人三十五歲仍自認年輕，生命才開始，不過一百年前，這人可能因為得了傳染病而不幸早夭，或年紀輕輕就被送上沙場戰死，若有幸逃過了戰爭、饑荒、瘟疫，安穩活到了三十五歲，通常也鬢霜齒搖，眼皺臀垮，說不定還當了別人的祖父，受苦於消化不良，關節發炎，有重聽毛病，還是有片脆弱的肺，每逢天氣溼冷，就咳個不停，整晚不成眠。奧地利作家褚威格回憶二十世紀初期的舊歐洲，那個遭戰爭摧毀殆盡而永不復返的人類社會，他的父執輩們一心一意追求長者的威嚴，發育剛完熟便立刻蓄鬍養鬚，大腹便便，恨不得自己看起來德高望重，儀表堂堂，不用開口就流露長者的權威，然而，到了他那一代人，人類開始崇尚青春，熱衷運動保養，流行各式美容科技，每年吹蠟燭，蛋糕上的數字永遠是二十五歲。衰老不再是正常生理現象，而是像癌細胞一樣的東西，人們欲除之而後快。二次大戰之後，世界大部分地區和平無戰事，經濟相對繁榮，人類社會迎來了前所未見的高壽。抗老、防皺、凍齡，拉皮、換器官，基因移轉，預防醫療，年輕、還要更年輕。青春是顯學。

他的母親到了三十五歲才結婚，而且嫁給年紀比她小的男性，又是高齡產婦，在她那個時代簡直不可思議，而現在有多少女性獨立自主，三十五歲不婚不生，開心就交個小男友，還有五十歲女性試圖通過試管未婚生子，短短幾十年內，人類社會進步之多，改變之大，不可思議。父親活到了八十七歲，失去伴侶的母親獨自存活下來，已經九十三歲，又一樁不可思議。

他一直將母親的長壽視為理所當然。自他出生以來，母親始終是堅實的存在，像一塊靜靜躺在他人生花園裡的石頭，比時間還久遠。母親雖然給了他嚴格的智識教育與道德教育，但生活各方面卻是採溺愛的態度。他去美國深造，回來之後，他與母親的親密關係就變了。大學時代便交往的女友芳宜等他當兵，沒隨他出國深造，選擇留在台灣，像盡責的兒媳婦照顧他的父母，但他一回國立刻與芳宜分手。母親沒有開口跟他討論他的感情生活，但他知道母親認為他是傳統大男人主義者，對女性不好，而母親最討厭這種男人。台北不大，他很快混出名氣，高調追求一名電視新聞主播，兩人才子佳人演了一陣子，直到媒體拍到他與小他十二歲的助理林曉雯牽手逛西門町看午夜場的照片。主播很快下嫁國民黨權貴子弟，淡出公共領域。他與曉雯低調維持他們的關係，曉雯滿四十歲的那一年，他的父親過世，他決定娶當時二十五歲的助理韓雅如。雅如亭亭玉立，皮膚白潤，一雙長腿又直又勻，天生富貴氣，不談政治不愛文藝，生活耽美，注重享受，她迥異於他的知識分子狂熱，她對中國沒興趣，對台灣也沒興趣，只對日本有興趣，但也不是對日本的歷史文化有興趣，而是日本的物質生活。她喜歡美食，熱愛旅行，時尚信手捻來，只翻日本偵探小說，唯一勉強稱得上文學的作品只是村上春樹而已，她連電影也很少看，覺得太花時間，她寧可拿來做瑜伽或研究食譜。她對烘焙之狂熱，他們結婚之後搬進一百五十坪豪宅，她嫌原來廚房設備不上道，特地斥資裝了個專業廚房。雅如的物質欲望與生活美感，配上他累積多年的財富名望，剛剛好。

雅如為他生了兩個孩子。第一個孩子出生時，母親出現輕微失智，雖然請了幫手，雅如依然無法承受壓力，同時照顧老人和小孩，對一向生活自主安排的她來說，並不容易。隨後母親在路上遭摩托車撞倒，骨盆全碎，因為年紀過大，復健過程緩慢，活動不再靈活自如。第二個孩子從醫院抱回家不久，雅如跟他商量將母親送去養老院，由醫療人員二十四小時照料看護。曉雯奔走，找到了陽明山上這間私人療養院。他親自送母親上山，曉雯陪伴。而後大部分時間都是曉雯來探望母親，回報母親的情形。他有點心安理得，依他奇特的過時大男人邏輯，他覺得，由曉雯看照母親，不失一種認可曉雯進門當媳婦的默契。

他因為不常來，以為自己迷了路，其實只是比他記憶中來得遠。他開了近一個小時，終於到了，將車子停在養老院門口的停車場，裡頭很快有職員出來，請他把車子移走，停到公路邊上，因為停車場只供院內使用。他滿心不悅照做，進了大堂，他們又跟他說，現在不是訪客時間。他們拿出一張時刻表，又是週一上午八點到十二點、週三下午三點到五點、又是什麼週六全天、週日上午十一點到下午六點，若要帶住客出去吃飯或家庭聚會，必須提前一週告知院方等等，如果安排住客參加旅行，無論多久，仍需要照付月費，一毛不能少。他讀得頭都昏了，覺得這些人也是活在和他不同的異時空。

但他既然來了，走這一趟不容易，沒見到母親豈不可惜，他語氣半商量半威脅對院方職員說，老人成天沒事做，有家人來探望總是好事，五分鐘也好，她開心，對健康也有幫助，無論如何，盡力使老人身心愉悅應該是院方的首要責任吧。這名自稱是護理長的中年女人有張漂亮的長臉，裹在制服裡的身材前凸後翹，在別的時空下相遇，李憲宏跟她說話的語氣肯定不同，但他剛剛經歷了兩天兩夜的網路霸凌，精神不濟，眼袋比十元硬幣還大，自信心像遭戰機來來回回轟炸過無數次的街道，片瓦不剩，他對人性完全失去了信任，他只想要求對方聽見、理解並服從他的觀點立場。護理長本想再說點什麼，不是，老人並不是如你所說的成天沒事做，我們院方都幫他們安排了活動，每日作息皆很規律，但她看著李憲宏那張著名的臉，受懾於那雙半譏諷半恫嚇的世故眼眸，臉上閃過一絲不安，改口答應會即刻帶他母親過來，雖然他母親正在做例行復健，但他們可以下午再幫她安排額外時間，請他先去聯誼廳等。

他走到院方稱作聯誼廳的大房間，光線明亮，空氣流通，一台高掛牆上的電視機跑著新聞，兩三個老人什麼都不做，只是坐著，也不欣賞窗外山景，兩眼無神空洞地愣視前方。大片落地窗敞開，與室內連成一體的原木露臺略高於地面，兩側種了玫瑰，不是季節，看不到嬌紅，只剩下綠葉和尖刺，後院草坡平坦，一路往下，直到觸碰一處林子，再過去就是山下樓房密集的市區。他滿意這個環境。曉雯總是這麼牢靠，她做的任何決定永遠是對的。

他站在露臺，享受新鮮空氣。這是現實。他遠眺台北一會兒，折返入內。他挑了遠離電視機的位子坐下，忍住拿出手機的衝動，強迫自己望向戶外的大自然。一名老太太，從他一進來就沒把眼光離開過他，這時候拿起枴杖，艱難拖著步伐，氣喘吁吁朝他移動。他想在她抵達之前換位子，又覺得不禮貌，遲疑之下，她已一屁股往他旁邊的椅子落坐。

「少年家，麻煩你把那個凳子拿過來給我，好嗎？我的腳因為糖尿病全腫了，他們說，還不用截肢，但你也看得出來，我這條腿簡直就是木頭做的，又僵又硬，直挺挺，怎麼都彎不了。謝謝你，這樣舒服多了。我說，你是李憲宏吧？你一進來，我就認得你了。你媽媽就住我隔壁，你來過幾次，我們見過，但你不記得我了吧？我看你是不記得，沒關係，你貴人多忘事，但我記得你，我腿雖然壞了，頭殼還沒壞。你的朋友，林小姐，倒是常來。每回來都打扮得漂漂亮亮，見誰都客客氣氣，帶親手燉的雞湯和當季水果，有時還有東門市場的花捲，給你媽，也分給我。她對你真好，只是朋友關係，這麼照顧你母親。你別太敏感，我這句話什麼意思都沒有，我單純想說林小姐人不錯。畢竟我也喝過她的雞湯。你來看你媽？」

「是。」

「你媽不孤單，這裡我們很多朋友，大家互相照顧。」

「謝謝你們。」

「我不是客套，我們這裡真的很熱鬧，這棟老房子，什麼人都住在裡頭，各種時期入住，講各種語言，大家和平相處，都是家人。比如說那邊那個日本兵，戰死在基隆港，過了山，幾十年前找到這裡，一直沒離開，比我們任何人都先來。我跟他，每天早上聊天，我的日語都他教的。他在一九四五年三月戰死的，根本不知道戰爭已經結束，日本戰敗，日本人都走了，國民黨來了，我們都不講日本話了，改講中國話。他和我一起看電視，常常要我翻譯給他聽。」

李憲宏隨著老太太的目光，看向左手邊一條長型矮櫃，日光斜斜，寂然不動。但老太太堅持，那裡不止一名六十年前戰死的日本兵，還有一個去年被車撞死的越南女子。

「才二十九歲，嫁到台灣來，先生對她不錯，生了兩個小孩。早上出門買菜，一輛大卡車衝過來，撞得糜糜卯卯，全身上下沒一塊皮膚是好的，頭殼都凹進一個洞，手腳全歪了，救護車來時人已經走了。她家就在山下，她沒事回去看小孩，很方便。我們處得很好，她就跟我孫女一樣照顧我，我無聊時，陪我聊天，還唱歌給我。她也喜歡你媽媽。」

李憲宏本想問她，難道他母親也常與這名越南女子聊天，看著上頭擺了報章雜誌、玻璃水杯和飲水機的木櫃，附近只有陽光的影子，脫口而出：「那這位越南小姐現在樣子如何？還是糜糜卯卯？」

「啊，人都死了，脫離肉體，怎麼會糜糜卯卯？當然恢復原來模樣。她也很美噢，面貌身材不輸林小姐。」

一名護理師推母親的輪椅進來。母親比他記憶中更縮水了，白髮柔軟而稀疏，久未曬過太陽的皮膚像浸泡在水裡過久而泛白起皺，他上前握住她的手，什麼都沒握到，只一把空氣。她的眼神雖然疲憊，倒還是表現出仍認得他是誰，他叫聲媽，她幾乎不明顯地點了頭，像露珠從葉梢掉落的剎那。

護理師聲音洪亮，企圖熱絡氣氛，「陳阿姨，你又在說你的鬼故事了？你不要嚇到客人，人家還以為我們這裡是鬼屋。」

老人不屑辯解：「你說是鬼屋，我說這是一間開放自由的屋子，歡迎大家來住，管你人也好鬼也好，這房子不歧視，統統收留。這是好地方。」

「對，這是好地方，但我們還是主要讓人來住，至於鬼，我們燒香拜拜，請他們去別的地方。」

「我可是打算死了還住這裡。這裡是我的家。我死了都不走。」

「阿姨，第一，你會活很久，第二，你不一樣，我們喜歡你，你萬一怎樣了，還是歡迎你留下來，不用離開。」

老人不以為然，「死人從來沒有真的離開。你年紀輕輕，不要那麼小氣，不知道世界很大嘛，空間很多，大家分享。」

護理師一面向他道歉，陳阿姨想像力很豐富，一面很有技巧哄走仍在嘀咕抗議的陳阿姨，順道帶走另外兩個老人，留他跟母親單獨一起。他找到遙控器，關了電視。四周總算安靜。他問母親身體怎樣，心情如何，忙些什麼，她不直接答話，只不時點頭，點得那麼輕，卻好像已經耗盡她全部的力氣。

他不知不覺說起自己的事，但其實也沒什麼好說的。林葉颯颯作響，陽光照熱了屋子，一隻順風飛進來的有翅昆蟲兜著圈子飛，他逐漸口乾舌燥，停止說話。他與母親像一幅室內靜物畫裡的水壺和茶杯，動也不動地並置。

他不敢對自己承認，他著實被母親的衰敗模樣嚇了一大跳。八年前，他送母親過來時，母親雖然身體不便，輕微失智，但她的四肢依然線條豐腴，她靈巧閃亮的眼睛似乎總在傳達她對世界的種種意見，雖然說過的話常常忘記，句子有時顛三倒四，仍有丹田之力，她當時依然固定染髮，每天自己梳妝，畫眉點唇，灑上幾滴她喜愛的香水。母親永遠那麼高雅，舉止得宜。突然，她就變成了眼前這個遭歲月扯爛的破布娃娃。他聽見空氣進出她肺部，轟隆隆地響，好像一台早該淘汰換新的舊空調在吃力運行。

他覺得悲傷，更覺慚愧。他年輕時讀過日本作家深澤七郎寫的小說《楢山節考》，描寫古代日本信州的棄老傳統，長野縣姨捨山一帶，因為氣候嚴峻，大地貧瘠，村子生活窮苦，永遠缺糧，老人過了七十歲，不管身體狀況，都必須由家人背到深山裡等死。故事裡的老婆婆阿玲到了六十九歲仍一口好牙，身強體健，精神奕奕，村子裡的兒童編歌嘲笑她是三十三顆牙的鬼婆婆。為了讓自己外貌顯得蒼老，她拿石頭打碎自己的牙齒，向新媳婦幾乎以道歉的語氣解釋，牙好胃口就好，身體強健，吃什麼都香，但這種事在這個村子是一樁罪惡，沒用的老人不能浪費兒孫的糧食。對阿玲以及村子的其他老人來說，最大的好運竟是上山那天下大雪。早點凍死在冰天雪地的山巔峻嶺之中，縱使滿天盤旋的禿鷹飛下來啄掉自己的眼珠子時也已經沒有感覺了。

陽明山上的養老院，信州的覆雪高山，看似不同的時空，卻是同樣的時空。他曾經毫不遲疑背他自認深愛的母親上山，現在網路上那些自稱年輕人的人想要將他五花大綁，推落深山縱谷，也只是對應他當年的動物本能。生命循環本來原始而殘酷。

他情不自禁又握起他母親的手。那隻手，柔弱無力，感覺不到任何重量，像片羽毛掉落他的手心。他小心，輕輕捏了捏母親的掌心，母親轉過眼珠子，明明白白直視他。

母親沒開口，他也沒開口，他們眼神交流，進行了以下談話：「我好累。」「我知道。」「我每天起床都在想……」「嗯？」「天啊，為何我又睜開眼了？」「媽……不要這樣講話。」「我隨時可以走，我準備好了。」「我知道，但我需要妳。」「你不需要我。」「我需要，因為只要妳在，我永遠是妳的孩子，妳走了，我就是孤兒了。」「我走了，你還是我的孩子。」「但是，妳活著，我就不用思考自己的死亡。一個人的父母死了，他知道下一個就是他。」「你有點自私。」「我知道。」「何況也有孩子死在父母前頭的例子，人生並不是全照一套既定軌道在走。」「我知道，但我仍不願意妳走。」「你寧可看我受苦？」「我不願意。」「那，我親愛的兒子，你就讓我走。我的死亡屬於我，不屬於你。我負責你的生命，不負責你的死亡。」

他深深吐了口氣，站起來在母親額頭上輕吻。

同樣的四十八小時，世傑與莉蓮幾乎沒有離開她屋頂加蓋的那張窄床。她像是一道毫無遮蔽的開放海岸，海嘯洶洶來襲，狂風捲起巨浪，夾帶滂沱暴雨，巍峨高樓般的浪頭一路咆哮大作，奔到岸邊，突然停住了，像條高高在上的飛龍，拿兩隻亮晶晶的凸眼惘視她，不發一言，意向不明，火熱氣息噴吐到她的臉頰，她全身毛細孔戰慄，忐忑不安，突然，高牆海浪瞬間崩塌，海水迅速往四周擴散，全面吞噬她，她嗆水，透過不氣來，不知該如何掙扎，立刻又遭浪潮回流強力捲往大海，她頓時感官全部失靈，四肢無力，整個人陷入一種無重力狀態，在海中茫茫漂浮，忽然，有一股新的力量又將她從海中撈出來，猛力推上了浪頭，一下子，她脫離了海面，來到海浪最高點，往下看，海水砌出一道高聳的懸崖，發出轟隆隆的戰車聲，她因為下頭海水深不可測而暈眩，知道自己隨時會往下掉落，不一會兒，她已墜落中。重新摔回大海之前，有那麼一會兒，她憑空飛翔，風聲呼呼在耳邊，她輕靈而充滿喜悅，直到沉落，海水再度包圍她，吞噬了她，接著又將她高高舉起，又任她下墜。來來回回，反反覆覆。原來在她體內有個宛如萬年岩石般堅硬的東西，就這麼不斷拍打、磨蝕、溶解，逐漸解體，終於鋪成了一片平坦寧靜的沙灘。她筋疲力盡，心滿意足，沉沉睡去。

再度醒來，已過正午，擠在小床上他們的身體迅速找到彼此，彷彿運動場上長年練習的雙打，甚至不用轉頭去看對方的眼神，便有默契地配合。即使深深滿足了，兩人身體仍不想分開。她哪裡都不想去。當李憲宏掉落於虛擬世界的無底深淵，不知如何才能回到他曾經深信不疑的現實，林莉蓮卻通過實實在在的身體感官，終於確認了她的真實。就在這裡，就是現在，全世界她最想待的所在。

她從來不曾想像過自己會如此迷戀另一個人的身體。痛苦曾經那麼複雜，幸福卻這麼簡單。愛情與肉慾，她難以分辨。她只知道，她離不開他。不能離開他。愛情成了一種純粹的生物需求。他是她的空氣、她的水，沒有了他，她就會活不了。

她一次也沒想起李憲宏。她甚至不去思索，她這算不算背叛。她也曾從他身上獲取性愛的快感，但在她記憶中，她與李憲宏探索彼此的方式大多是透過語言。他們總是在聊天，互問問題，交換觀點，一同評論這個世界，發想新詞彙，機智地嘲諷他們不喜歡的人或他們不以為然的事。當然他們總會親吻，愛撫，言辭充滿情色意味，大量挑逗，最終也會做愛，但他們身體的交合更像是確認他們之間的同盟關係。那裡是邪惡的世界，這裡是有理想有熱情的他們，他們一起反抗那個荒謬可笑的世界，而做愛是他們歃血盟誓的儀式。

她與王世傑不怎麼說話，只有體液、少許呻吟，大量肢體纏繞。她卻感覺他懂得她，完全能掌握她，因為她已經統統將自己交了出去，她既從嶙峋岩岸變成了平坦沙灘，根本毫不設防，全部一覽無遺。

「餓了。」王世傑將手臂從她頸下抽出來，翻身下床去開冰箱，雖然清晨四點多，他已經查看過，確認裡頭空無一物，只剩下蒜頭和泡菜。她看見情人的年輕軀體，光溜溜，完美而結實，不自覺將床被拉過來，蓋住自己的裸體。

「你這裡真的什麼都沒有了？」

「四點多吃的那幾片餅乾就是最後的存糧，沒了。我們出去吧。」

他口嚼泡菜，跳回床上，抱住她，說的話讓她心都化了，「可是我只想跟你待在這裡，一直待在這裡。」

「我也是。」他們親吻。

她如此快樂，不能想像還能怎麼更快樂。她願意相信世界其實非常美好。他們邊嬉鬧邊穿衣服，一會兒她拉掉他剛穿上的內褲，一會兒他扯開她才扣上的扣子，終於跌跌撞撞互相拉扯出門，街頭日光刺得他們都睜不開眼，高溫灼燒著他們過度敏感的皮膚，摩托車從他們身邊危險地流竄，附近工地噪音轟耳，他們兩人微笑著，宛如一雙夢遊人手牽手漫遊街道。曾經濃烈親密過的身體，就像共同經歷苦難後的身體，生出一股外界無法介入的信任感，那是一種動物本能，知道自己能把性命交付給旁邊這個人。林莉蓮覺得安全。她對生命的恐懼突然消失了。原來愛是這麼一回事。

他們隨便在附近找了一間牛肉麵店。已過午飯高峰時間，裡頭空蕩蕩沒人，身形壯碩的老闆剛忙過了一陣，額頭綴滿汗珠，正在往每張桌上的酸菜罐子塞酸菜，老闆娘主掌白霧瀰漫的麵鍋，林莉蓮低聲嘀咕，老闆下的麵比較好，老闆娘下的麵總是煮得過軟。還是無可奈何點了麵，送上來的麵條果然一夾就斷。

他們心情依然不受影響，此時此刻世上任何事情都傷害不了他們。

兩人安靜地吃麵，什麼話都不說，也不用說，不時相視微笑。牆上的電視機播放著新聞，李憲宏的臉一晃而過。林莉蓮放下筷子，請老闆把電視機聲音轉大。塗脂抹粉的女主播在播報年級戰爭，四年級的李憲宏和七年級的馬佑明，在臉書開戰，先是馬佑明發文控訴老人養尊處優，壟斷社會資源，不僅不照顧下一代，還仗著本身的社經優勢，打壓年輕人，而李壽宏也貼文回擊，年輕世代出生和平時期，沒受過苦、沒挨過餓，從小受消費主義影響，對文化缺乏想像力，不像他們那個世代，因為什麼都沒有，台灣文化一片黑暗，只好自己捲袖子幹活，反而無意間創造了台灣的黃金時代，劇場、電影、文學、音樂，樣樣開花繁榮，有人問他們那個世代怎麼那麼厲害，個個是大師，後來全都斷層了，李壽宏說，那是因為他們當時只有理想，不懂退縮，在毫無資源的情況下，不求回報地相互幫助，大家都是朋友，你幫我，我幫你，只想做出藝術，沒想名利，而年輕世代後繼無力，什麼成績都拿不出來，或許因為年輕世代才真的養尊處優，只想快快成名賺錢，而忘了創作的本質。新聞畫面全是網路臉書截圖，女主播煞有介事地把一則一則臉書來回對話當作新聞唸出來，彷彿在宣讀總統告全國同胞書、還是播報股市動態。

王世傑皺眉，「我一直搞不懂台灣人的臉書用法。」

林莉蓮還在抬頭看新聞。

「我的外國朋友很少更新動態，只有重大生活事件發生，像是從學校畢業、結婚、生子、祖父八十歲生日等等，才會貼文，偶爾轉點新聞。而我的台灣朋友什麼都貼，照三餐貼，有時我發條簡訊，他們往往即時回答，把我嚇一大跳，即使是不同時區，日夜顛倒，他們好像都不睡覺，隨時隨地都掛在網上，我納悶怎麼回事。」

「對方有期待，不能不馬上回，壓力很大。尤其你已讀不回，對方會立刻心碎。」最後一句，她故意嬌嗔，王世傑笑了，用手碰碰她的鼻子。

「本來網路應該提供我們逃逸現實的途徑，結果因為我們在虛擬世界直接複製了我們的現實生活，變成讓人情更快速更無所不在地抓住了自己，天地之大，再無所遁逃。」

「你可以這麼說。」

「最煩人的是那些欲言又止的酸文。明明在抱怨罵人，卻又不願指名道姓，擺明了邀請朋友發私訊講八卦。」王世傑搖搖頭，「我看見的盡是虛偽。」

「因為怕引起嫉妒。」

「那麼，那些人就不是你的朋友。」

「你誤會了，臉書是媒體，並不是私人空間。那些臉友不是你的朋友。」

「不是朋友，幹嘛加臉書呢？」

「在台灣，」林莉蓮遲疑，她覺得必須為臉書辯護，因為她自己就是重度使用者，但，看著那張臉，她又決定那一點也不重要，「臉書有點麻煩，看似親密空間，朋友之間聊天，但其實是私媒體，每個人都是策展人，從自己生活剪裁、揀選，變成一則訊息，與世界溝通。我們不是『使用』臉書，我們是『經營』臉書。」

「所以其實是公開表演。」

「像你的朋友，媚。」她翻白眼，故意拉長那個「媚」字。他又碰碰她的耳朵。

「每個人都需要舞台。」

「對，你懂，這就是臉書在台灣的用法。已不是哈佛大學畢業生聯誼的工具，而是私媒體，人人一把號。」林莉蓮邊說，邊瞄往電視，女主播已經在播報美食新聞，「我比較怕道德魔人。號召大家一起撻伐一個人或一樁事。盲目的群眾因為透過網路連結，而有了道德正當性的誤解，膽子漸漸大了，以為自己不會錯。好像民智未開的中世紀，大家熱衷的全民運動就是四處獵巫。」

「多數者的暴力。」

「群眾這件事，我比較不理解。」

「像水一樣。」

「你有沒有注意到一件事？走在路上時，若是迎面來了一個人，獨自行走，他往往會避開人潮，低調靠邊走，看見老人或嬰兒車，就讓路，若是一群人，他們就會說說笑笑，旁若無人，橫排一整列，軍隊一樣走來，好像整條街都是他們的，完全不管其他人。這種成群結隊的心態，我不能接受。」
王世傑點頭，「群體令個體膽子大，平常我們一個人不敢做的事情，因為知道有伴，而不孤單。發動革命、搞社會運動時，這種群體心理很有用，鼓勵個體走出來發聲。」
「到了臉書，就變成了橫排走在大街上、擋住其他人的同溫層。聽不見其他聲音。」
「不讓路，因為權力的傲慢。『群眾』也是權力的一種。網路被發明出來之後，『群眾』的權力便像水滴一樣匯流成江河，浩浩蕩蕩，所到之處皆橫掃千軍，片甲不留。而智慧型手機聚集了全世界的指尖，終成民意的大海。這個世紀屬於指尖，屬於選擇，屬於策展人、讀者、評論家、觀眾、選民，而不是藝術家、作家、演員、哲學家、政治家，因為這是消費者的時代，我選擇，故我在。這也是死人永遠不會死去、繼續活著與活人爭奪同一舞台的時代，每個活著、死去的人都渴望被聽見、被閱讀、被注目，他們需要新鮮的觀眾，需要隨處滑動遊走的指頭停留在他們的頁面，讓他們一夜爆紅，持續熱門，讓他們具有意義。」

「意義？在這個一切都沒有意義的時代？」

「指尖是世界的新暴君。指尖明白自己的權力。他們有權決定誰留下，誰遭到遺忘。畢竟文本要進入人類的腦容量，才能記住，才能成為所謂的歷史。以前老人靠傳統，依賴教育系統，建立倫理觀念，希望掌控下一代的腦容量，為自己所用，他們說，我們是為了你。而他們有些人的確做出極大犧牲，只為了確保他們相信並為之奮戰的美好價值會傳遞下去，造福人類集體。網路給了年輕人逸逃父權的機會。他們就像第一代拿到電視遙控器的人類，突然發現自己有了一份新的權力，聽見不悅的論調，看到不喜歡的臉孔，他們有能力令對方消失，只消輕輕按個按鈕，不見了。新時代人類越來越像一個遭消費經濟寵壞的消費者，進到一個佔地萬坪的美國購物商城，放眼望去，只有無際無盡的貨架，堆滿高達天際的貨品，他們推著購物車往前走，起初的興奮，很快變成不耐，接著失望，身體疲憊，他們開始抱怨商品如何瑕疵，價格太高，服務爛，既要買一送二，還要求不高興就退換，而他們永不會滿意，挑剔是他們的基本調性。那已超乎了消費者權益的討論，所以我說那是一種權力的傲慢。當架上所有商品都尖叫著，買我買我，拜託，買我，消費者不僅只想快點走掉，而且衍生出一種難以解釋的輕蔑，自覺尊貴。」

「我不曉得你對社群媒體這麼有意見。」

「應該說我對社會一直很有意見，不然我不會刻意與社會保持距離，選擇過另一種生活。」他難得評論自己的生活。

下午三點多的陽光大搖大擺走進來，沒有冷氣的小店卻不太熱，畢竟是秋天了。他們吃完了麵，還不急著離開，喝著店裡免費提供的熱茶。便宜的茶葉，平淡無味，溫溫順著喉嚨，很舒服。林莉蓮知道她拿出手機，滑一下，就能弄清楚李憲宏過去四十八小時發生了什麼事。但，她卻不想。她還沉迷在她自己過去的四十八小時。她希望這個四十八小時一直、一直延續下去，永遠不會結束，那個人永遠不會離開，她永遠留在這個狀態裡。

李憲宏突然又變成了電視裡的名人，一則她在報紙上讀到的新聞，她認識那張臉，卻離她很遠，不跟她在同一時空，與她無關。與她相關的是這間麵店，這些散落她身旁的塑膠桌椅，磨石子地板，和煦的午後秋陽，白霧漫漫的麵鍋，辣椒醬的嗆鼻，嬌小的老闆娘和她高壯的丈夫正在忙碌的身影，她用盡全副身心向他證明自己的愛的那名男子，這些皆是觸手可感的東西，不在畫面裡，不在手機中。她能聞到他的味道。

奇異的是，頭一次，她不想與全世界分享。這是她的。她想要保有，只留給自己。不要他人眼睛的窺視，不需誰的認同。她害怕，任何的闖入，就會導致幸福的結束。

暫停。

讓我們討論一下電視螢幕上的臉和臉書上的臉。

當年輕的李憲宏慢跑完，穿著短褲，汗流浹背坐在早餐店，從豆漿蛋餅中抬頭，看見掛在店家牆上的電視出現一張男人的臉，他本能反射他見過那張臉，花了幾秒鐘，他才理解那是自己的臉。然而，儘管他的腦子已經處理了「那是我的臉」的資訊，對他來說，那張臉依然是陌生人的，不是他的。那個人，只是看起來像他，五官外表、身材氣質都一模一樣，臉部表情、講話神態也很沒什麼不同，他的情感卻不登錄那個人為自己。那個人是那個人，他是他。他明明白白感覺，他們是分開的兩個人。

那張出現在電視螢幕上的臉，和他每天在浴室鏡子前看到的臉，不是同一個人。差了一點私密感。浴室是私領域，在他的生物範圍裡，他確確實實擁有那張臉，他要那張臉做什麼、說什麼，皆出自於他的自由意志，不需對任何人負責，不受制於旁人的評斷喜怒。而電視螢幕上的臉，屬於公領域，那已不是一個人，而是個角色，經過大眾目光的過濾、洗滌，認知之後，集體共同形塑出來的人物。那張臉就像湯顯祖的《牡丹亭》、二次大戰、高雄美麗島事件、凱蒂貓、鮑勃狄倫的歌，屬於所有人，任何人看見（過）那張臉，潛意識會認為那張臉屬於自己，對那張臉有詮釋權，因為那張臉上了電視螢幕的那一刻，他就走進了公領域，變成社會資產的一部分。

電視上播出那張臉的那一刻，李憲宏失去了他的臉，新一個擁有相同一張臉的李憲宏從此誕生，大眾創造了「他」，也能毀滅「他」，他們要愛他、恨他，遺忘他、咒罵他或稱讚他，都由不得私領域的李憲宏。李憲宏有權為那張臉辯護，但不是因為他是這張臉的主人，而因他也是社會的一分子。他能以第三者的角色，拉開距離，討論已不屬於他的那張臉，而他的意見與其他人的分量相等，並不更多。

這個誕生於社會記憶的李憲宏，自有其生命週期，將在未來時間與林莉蓮相遇。林莉蓮第一次認識李憲宏，在母親常去的美髮院，她只有七歲，春天的溫潤午後，小小的家庭式美髮院瀰漫了燙髮劑的金屬味，母親滿頭髮捲，和美髮師閒閒討論獅子頭的作法，美髮師堅持不可放白菜，母親討好地微笑，怯怯解釋自己很喜歡吃滷過的白菜，得來美髮師反覆的諄諄告誡，無聊的林莉蓮就在旁邊的兩人沙發座翻閱那些開本極大、內頁是報紙的雜誌，一頁一頁翻過去，她看見了一個男人的照片，就這樣她遇見了公領域的李憲宏，就像她見到了英國戴安娜王妃、日本首相小泉純一郎、台灣歌手伍佰、紐約市長彭博、香港明星劉德華、綁架殺人犯陳進興等等的方式一樣。雖然年幼，懵懂不明，她依然能清楚分辨，那張臉離她有段距離，並不活在她生活周遭。那張臉不像她的父母、老師、同學或同學的家長，也不像巷口麵包店老闆或計程車司機，這些臉是可觸摸的，她能聞到他們各自散發的氣味體臭，他們擤鼻涕、而她會聽見那個滑稽的聲音，他們大聲諠嘩、而她會捂起耳朵嫌他們吵，他們的身體某個部位每一次輕微抽動，她都能近距離感受到他們肌肉發出來的密碼，噠噠，噠噠，在跟她說話。而那張臉一點也不日常。李憲宏，戴安娜、蔣經國、伍佰、彭博、陳進興，管他諸侯將相還是賭徒罪犯，對林莉蓮來說，都像是歷史課本走出來的人物，與童話故事裡的白雪公主、美人魚、桃太郎差不多，這些人與她之間的距離，不比好萊塢電影明星與她之間的距離來得更短，說不定更遠，因為，有時候，好萊塢電影反倒贏得她的情感認同，她能理解甚至同情美國電影《火線追緝令》的罪犯邏輯，不知為何，她對李師科當年為何要搶銀行反倒不明白。

所以，當李憲宏那張不日常的臉來到她的床上，她依然有點不真實感。她從來不肯去探究自己的不熱衷。那或許是諸多因素混雜之後的結果。畢竟他們年齡相差了三十歲。李憲宏是個優雅的老男人，談吐幽默有趣，外貌體能都保養得很好，就像一輛上好的骨董車，歲月只會增添他的風格魅力，而且他明顯深深愛上她，無論她說什麼做什麼，他皆投以愛戀目光。但，收藏骨董車的人只有在風和日麗的日子才會把車開出來車庫，小心翼翼在平路上跑，偶爾享受一下非日常的特殊經驗，也像主婦曬棉被的心情，為了維護物件的狀況，讓車子吹吹風。但，每天，你只想要一輛牢靠好駛的新車，說上路就上路，即使偶爾倒退入庫撞壞了保險桿也無所謂。骨董車同樣缺乏了日常感。她內心深處始終暗地覺得這輛車不真正是她的車，不可能長久地陪伴她。或許她刻意保持冷淡，只為了日後不傷心。從沒被公開討論的年齡差異，恐怕也是使他們的戀情一直躲在城市邊緣、藏在屋頂加蓋的原因吧。

當他進入她體內，她會閉上眼睛，不去看那張臉。那張著名的臉。他們第一次見面的那個星期五夜晚，當瓊瓊告訴她，要帶老闆來，那張臉出現在雲南小館子門口時，宛如電流脈衝全身血管，她情緒高漲，興奮不已，如同觀光客千辛萬苦長途跋涉去到埃及金字塔前的心情，也類似歌迷漏夜排隊買票好不容易擠到前台親睹巨星風采的熱烈，你在新聞畫面看過的建築街道、雜誌翻頁閃過的經典藝術品，終於，就在你眼前。而後，那張臉走出了電視螢幕的四方格，不再平面，而是立體出現在她的身邊，會咳嗽、喋喋不休，低頭時脖子會起皺，感冒時眼睛會布滿血絲，她注意到他的後頸有一顆痣。那是一張日常的臉，就像她的父母、同事、便利超商店員、捷運站職員，普通而親切，過目可忘。如果這張臉如此尋常易見，她不確定自己是否受這張臉的吸引。如果這張臉如此遙遠不可觸摸，她如何能全身投入。她只得閉上眼睛，不去想她跟這張臉的關係，不然她會感覺自己在大街上做愛，周圍有無數好奇的陌生眼光在看著他們。

她與這張臉的距離，原本是公與私的界線。這條界線清楚，難以跨越。即使不是公眾人物，只要看見鏡頭、麥克風，一般百姓也明白那條界線已經拉起。私領域能說能做的事情，過了界，就不說不做。公領域的拘束性格，僵化，自有其虛偽，但，公領域一直以來就像古早村子裡的唯一那條大街，村民在自家院落、農場可以打赤膊、打罵小孩，多天不洗澡，當他們要去大街，與其他村民互動，他們會將自己洗刷乾淨，換上最好的衣裳，掛上微笑，因為他們暫時進入了公領域，公領域裡，他們是一個角色，而他們的責任就是扮演好這個角色，遵守起碼的禮節。公領域與私領域曾經壁壘分明。

網路的發明，手機的普及，社群媒體的演進，改變了傳媒的形態，最主要是抹去了日常生活與公開展演之間的界線，也就是公領域與私領域的差別不見了。私媒體的興起，對人類社會的最大衝擊並不是主流媒體的崩解，而是公共展演的意涵。當公領域與私領域的界線分明時，公共展演是一種明確的儀式，鎖定在特定時空的集體對話，而私領域則禁止進入，被視為不雅、不妥，換言之，私領域其實是被摒除在公領域之外的。二十世紀之後，公領域不斷遭受挑戰，逐漸調整，教條鬆綁，但，公領域是公領域，私領域仍是私領域。社群媒體出現之後，一夕翻轉，世界完全不同。私人生活被直接擺上舞台，私領域就是公領域，每一人每一天無時不刻不在展演。先是日常動態的紀錄，旅行從機場劃位那一刻便開始持續打卡、嬰兒洗澡時放了一個屁、三餐的菜色、半夜家裡打死一隻蟑螂、路上滑了一跤，具體事件展演之後是抽象心情的展演，等車時被路人擠了一下的不爽、老闆要求不合理的抱怨、情人煮了晚餐的喜悅、讀了某則新聞的憤怒，任何有形無形的生活小細節，都能拿來展演，邀請公眾的觀賞。當自己的生活再也找不出任何有展演價值的細節時，便開始拿起手機拍攝他人，捷運上的陌生人、餐廳隔壁桌的客人、公園陰影裡親吻的情侶、公司會議上的談話，在未經對方同意之下，擅自暴露別人的活動，將他們放上螢幕，讓他們在不知情的情形下公開展演，窺視私領域變成一種公眾默許的休閒娛樂。

但，歷史的此刻，大部分台灣人仍不承認臉書的展演性格，他們依然覺得那是私領域，因為臉書帳號的主人與他的閱聽受眾之間的關係，被形容成「朋友」。

當林莉蓮認為李憲宏的臉屬於公領域，她卻從來沒有想過貼在臉書上的自己那張臉也屬於公領域。她假裝她仍是邊緣的，低調的，私人的，不在意大眾的目光，因為那只是個人的臉書，她也能宣稱她不曾打算商業操作，然而，她的臉卻是無遠弗屆地播送到世界各個角落，邀請無數陌生人的眼睛打量她，評斷她，她將自己的那張臉送進了公領域。

社群媒體對亞洲性格的社會影響尤其大。在亞洲性格濃厚的社會裡，人際關係原本就過度緊密，道德規範以各種不言而喻的默契形式存在，使得人人活在人言可畏的潛規則壓力下，網路原本帶有匿名性以及對外延展性，可供人們從既有的生活框架逸逃，社群媒體發明的那一天，把這條線也斷了。這套人情網路的魔掌無所不在，抓住每一條靈魂，就算他們在公領域說完一大套言不由衷的客套話之後離開，還不放過他們，仍要他們在私領域繼續展演。

活在人情如此高壓的社會形態下，人們原本應該想要掙脫如此不健康的社會箝制，卻反倒過來更加嚴厲彼此檢驗。幾乎像是出自受害者想要尋求復仇的心態，社會道德的受害者上了臉書皆成了加害者。每一名網路的道德魔人恐怕心裡皆有遭現實生活灼燒之後的傷痕，帶著幾乎是同歸於盡的凌虐心態，將不認同的行為上載臉書，就像把人綁上柱子，下面堆滿待燃的柴火，吆喝眾人群集來公審。炙熱有光的眼神究竟是因為憤怒而發亮，還是因為內心受苦而有股變態的愉悅，有時真是難以分辨。但也因為有臉書，私領域全被暴露出來，原本到了公領域都該收起來的言語舉止反倒因為展演的需求，而變本加厲。

終於從道德解放了的現代社會，在網路新世紀，重新回到了道德教條主義的中世紀，獵巫氣氛濃厚，人們互相監視，勇於揭發對方，從通姦、學術抄襲、做生意不老實到路邊吐痰、捷運不讓座，以科技之名，任由公領域大舉入侵私領域，偷窺變成堂堂正正的公開審查，每個人一分一秒都遭四周的眼睛（或說手機拍攝器）監控，不容許祕密，被期待活得透明如薄亮的空氣。

當林莉蓮看到李憲宏的臉從床上回到了電視螢幕，她瞬間鬆了口氣。她以為那張臉本來就不屬於她的私領域。但，她活在一個公私領域逐漸混淆的新世紀。因此，當她一邊吃麵，一邊看電視，李憲宏的臉之後，突然，她看見了另一張臉。她覺得面善。

世傑輕輕推她，「那不是妳嗎？」

電視主播仍一本正經在播報臉書上抄來的新聞，好像她的新聞專業真的跟皇后的貞操一樣不容置疑。

消息已經出去了。四年級的李憲宏不是不懂七年級，因為他有個七年級的地下情人。週刊稱她為文青女，拍到李憲宏出入她的屋頂加蓋，據聞是他付的房租，還有一張照片，傳說中的文青女就坐在他的跑車裡，不過，他們錯認了長髮的瓊瓊，但新聞畫面還是跑了無數張她的臉書自拍，將兩個女孩併成一個人來報導。

從麵店回去她的住處，一路，世傑開了幾個玩笑，她都沒心情，入耳不聽。她邊走，邊低頭滑手機，時不時咆哮些無意義的聲音。街道沒什麼變化，跟一個小時前差不多，工地噪音轟耳，摩托車亂竄，地面坑坑巴巴，陽光依舊金黃耀眼，她衝上沒有電梯的七樓，再上一層她的樓頂加蓋。她拚命耙文，試圖理解發生什麼事。

戰斧批了李憲宏，李憲宏回文，有人出手幫忙戰斧，另有人維護李憲宏，一個回應一個，宛如以前撲克牌的接龍遊戲。臉書的文章不是論述，也不是評論，而是閒話。把臉書當公共論壇使用的人往往不是為了表述自己的原創論點，大多只是為了回應另一個人的貼文或新聞，為了明白一條貼文的意思，必須回頭追溯源頭，不然就像戲已經演一半才走入劇場，根本搞不清楚台上的人究竟在說些什麼。終於，她在一則替李憲宏辯護的留言找到了有人揭露她的身分。

「是瓊瓊。」她猛地抬頭，告訴王世傑。

「天黑了，你知道嗎？」

「這就是了。最親近的人才懂得如何背叛你。」

「你跟他在一起？」他問。

「你跟淑媚不也在一起？」她諷刺地反擊。

他的微笑像黑夜一片落葉滑落湖面所引起的漣漪，幾乎看不見，只能感覺到。

「我又不是公眾人物，他們憑什麼挖我的事？」

「你的臉書不是有幾萬個粉絲？」

「但我又不是名人。」

「定義名人？」

「有名的人。一講名字，路人皆知。」

「至少幾萬人知道你的名字。」

「只在網路上，又不是主流。」

「你現在上了電視。你是名人了。」他試圖讓氣氛輕鬆一點。

「真是太可笑了，我不要通過這種方式出名。」她都快哭出來了。

「現代人出名的理由千奇百怪，有人靠性愛錄影走紅，有人在超市拋棄孩子而變名媛，有人天天臉書直播自己洗澡，大家都奇怪地以為出名了，人生就會大不同，拚命想出名，而往往也成功了。」

「我從不想出名。」

「那你上臉書幹嘛？」

「交朋友，查資訊，很方便啊。」

「你在騙自己。」

她怒起來了，「自命清高先生，不是每個人都能像你去非洲保育大象，去印度幫忙當地人淨化水質，沒事就在柏林、倫敦之間晃。我們其他人都還有自己悲慘的人生要過。」

他眼眨也不眨，「你想像我這樣過日子？」

「不是想像，是真的。」

「嗯……你也可以，只是你不要。」

「我不可以，不是我不要，因為我沒錢。」

「錢。」他站起來，收拾東西。

她慌了，但她的自尊不允許她開口不讓他走。她滿臉怒色，不看他。他背了袋子，要過來摸她的臉，她別過頭。他就走了。

天黑了，她一個人獨坐在沒開燈的漆黑房間之中。她突然想起，當她指控他跟淑媚在一起，他只無奈笑了笑，並沒有否認。

如果每個人一輩子只擅長一件事，那麼，這個叫阿傑的男人最擅長的事就是離開。一旦轉身，他寧可迷路，也不願回頭。做為一名熱衷投身世界的人，他跟世界之間，卻始終疏離。他曾經去過許多地方，認識各色各樣人，在巴黎瑪黑區當洗碗工賺取旅費，在香港重慶大廈廉價旅館，刷馬桶換取住宿，印度村落學木工半年，去尼泊爾當義工幫助震災重建，他不認為自己在旅行，而是在生活。他在經驗人生。人與城市，宛如溪水從他生命中潺潺流過。

林莉蓮以為，她在王世傑身上見到世界的魅力，使得她眷戀，流連不去，但，或許更是男人與世獨立的淡漠氣質激起她體內一股動物性的憂傷，類似死亡的力量，提醒了她生命的限制與終結。愛情裡，他還沒有離開之前，他已離開了她。就像在這個世界，他在，其實也不在，他只是路過。

離開了林莉蓮，王世傑快步加入城市的人群，左閃右躲，小心翼翼避開那一個個低頭滑手機像殭屍一樣移動的路人。究竟是城市與人似水由他身邊流過，還是他像水流過那些街道、那些臉孔。他是水，什麼容器裝他，他就什麼形態。

當他走在台北街上，思索他與林莉蓮，他其實在思索自己，以及何謂世界，而這個所謂的世界與他之間的關係。

王世傑從來不懷疑，自己可以住在任何地方，跟任何人在一起，過任何日子。因為，他知道，自己今天可以是任何人。如果他如流水滑過世界邊緣的經歷教會他一件事，那就是生命不過是一份偶然。完全沒有道理可言。今天，他是他，固然出於他自覺作出的一連串選擇，而逐漸形塑他的性格、價值觀念，多少影響了他後來的命運；但，他清楚，關於他整個人的存在，從頭到尾畢竟只是各種隨機選擇的結果。譬如在紐約，隔一條街，便是另一個世界，兩個女孩相同身高長相，一樣出生在紐約中央公園東邊，出生在第九十六街或是第一一六街，便擁有不同的人生。這跟抽籤一樣，純粹運氣。

他出生在台灣，也能出生在肯亞，是男是女也許什麼都不是，他愛上別人，別人也會愛上他，時間發生去年明年還是十年後都說不準，他僥倖躲過了南亞大海嘯，只因他提前一天離開普吉島，但他在過下一條街時，可能就會被一輛莽撞的公車碾過去。這一刻他不離開莉蓮，並不代表他永遠不會離開，他離開了，也不表示他們的關係不會繼續。他萬事消極，不計畫未來，但他知道生命自會往前，下個轉彎，總有各種好事壞事在等著他，他只能默默承受，直到死亡。他以為人生不過這麼回事。無論把他放在哪裡，生活是一種技能，透過學習，他終究都能（必須）找到法子活下去。有些戰亂地區的人民縱使家園殘破，處處槍林彈雨，依然不肯離開，還是頑強地守住早已面目全非的街道，忍受艱難物資，努力把一磚一瓦蓋回去，他完全能體會他們的心情。世界從來不完美，生命之所以美好，正因為它夠強大，能包容不幸，原諒缺憾，擁有創造的力量。

他因此不理解莉蓮的執念。她對世界的想像過度清晰，好像一幅筆法縝密的工筆畫，多一筆少一筆，任何線條不在她認為該在的位置，色彩不符合她的期待，都令她懊惱失望，甚至憤怒。她對世界如此不滿，對自己不能變成理想中的自己而氣憤，怪罪這是全世界的錯。

「世界。」他重複莉蓮口中吐出的字。原本赤裸趴在他身上的莉蓮當時立刻翻身，霍然坐起，「對，世界。」她用指頭戳他胸膛，怎麼啦，不對嘛。

「我不曉得你指的世界是什麼，台灣以外的地方嗎？但，你在台灣成長生活，你所遭遇的挫折，是這個社會給你的，不是日本也不是埃及。那些社會有自己的問題、自己的沮喪，但，他們並沒有製造你的生命處境。」

「我指的是人。」

「什麼人？台灣人？」

「他們。」

「你跟你朋友以外的人？」

「壞人。」

「你意思是跟你以及你朋友想法價值不同的人。」

「對。他們統統可以去死。」雖然她是開玩笑語氣，他依然能偵測到她的一分真心。她真的希望那些非我族類消失。

「那多無趣，周圍只剩下你的同類，只聽見跟你一樣的論調，大家過著一模一樣的日子。」

「同溫層，這叫做。我很樂意活在我的大泡泡裡，至少我不必面對那些離譜的聲音。你不理解聽見那些奇怪的論調，實在很叫人傷心。」

「對你來說奇怪。但任何事情都是相對性。」

「相對主義無助於世界的現況。」莉蓮繼續用「世界」一詞，「事實上，文化相對論所衍生出來的道德相對主義恐怕才是目前世界問題的根源。我們不能一味用多元文化態度去容忍阻止那些法西斯的聲音，他們在阻止世界進步，他們才是一言堂，容忍了他們，才會真正扼殺了多元文化的發展。我跟李憲宏講過，自由主義那一套已經不合時宜。他老講，一百個法國人喜歡一百種乾酪的口味，世界需要保持多語，他嘲笑我們年輕世代不曾經歷軍事戒嚴，沒有冷戰記憶，不懂得民主的真諦是容忍。他說，我們活在一個新帝國時代，那個帝國叫網路，而渾然不知。以前他們至少知道權力長什麼模樣，有個明確的目標，我們現在根本不知道誰在洗腦我們。所有平台都宣稱中性，但，究竟誰在餵養我們那些亂七八糟的消息，誰在控制我們的個人資訊，觀察我們的消費行為、性癖好、政治傾向，並加以利用操控。我們所有人的一生都攤在網路上，光天化日，一覽無遺。以前科幻小說裡的老大哥還有一個鏡頭代表窺視，有人在監控。現在即使沒有這隻眼，我們每一個人都自願帶支手機，隨時隨地報告我們的位置，上網填寫各式資料，信用卡、身分證字號、銀行帳號、護照號碼、手機號碼，自拍裸照上載虛擬雲端存檔。他說，我們看似是史上獲致最大自由的一批人類，結果活得最不自由。老大哥更加無所不在。」

那是她第一次在他面前提到李憲宏的名字。她的聲音透露一股信任感，帶點炫耀。

「他誇大了。上一代永遠嫌下一代沒出息，下一代也永遠看不起上一代。我個人相信人類歷史大體上還是往前進步。但我同意他，我也不認為以法西斯對抗法西斯是對的。混亂是民主的代價。」

莉蓮不滿意這個答案。她希望他贊同她。她想他完完全屬於她，包括他的思想。她想要的完美戀人，只能由她的角度去看世界，那個她想要投入又怕受傷害、因之斤斤計較枝微末節的世界。做愛時，她一雙貓眼炯炯，緊迫盯著他，觀察他，不安地想要確認他的心是否跟著他的身體都一起進入了她。他們初次認識時她眼底那抹他曾經以為那是孤獨的顏色，而今他認得了那是代表嫉妒的青色。

她拐彎抹角問他其他女孩子的事，「你最念念不忘的性經驗是哪一次？」

他知道她在等什麼答案。但他只輕吻她的唇。她低下眼簾，抿嘴，卻無法拉回迅速往下滑的嘴角。他不懷疑他們之間的親密。因為身體不會說謊。但，他無法像她一樣替這段愛情打分數，賦予最高級，就像她對世界的想像、對自己的期許，好像在填考卷一樣務求第一高分。這是不是我最愛的人，這是不是真愛，我為這段感情努力會不會浪費生命。他是那個對的人嗎？對她來說，愛情也分正確與否，也有理想的模型。她分析愛情的方式就像她在看待自己的人生，她討厭失望。她不希望愛情僅僅是短暫的甜蜜，而是一份可以完成的考卷。然而，這短暫的甜蜜對他來說才最真實，他的一生都是為了各種稍縱即逝的時刻而存在。萬事他不在乎結果，如同他不在乎真愛。他不介意愛錯人。

在捷運站，儘管他像打遊戲機一樣閃躲路上那一個個迎面而來的手機殭屍，那些人依然不斷撞上他，擋住他的去路。列車門開，一名面容姣好的長髮女孩站在中央，專心滑手機，人潮擠進來，有人撞及她的肩膀，她皺眉唉了一聲，表示不滿，維持原姿勢不動。入了列車，全部人迅速散開搶位，繼續滑手上那部機器。日後台北捷運將發生一起無差別殺人事件，一名家境小康、好手好腳的台北青年持水果刀，在列車上任意砍殺困在兩站之間的捷運乘客，世傑讀到一篇報導，因為大家都在滑手機，因此對環境突發的殺機失去了動物性的直覺，來不及反應，他想起那天離開了莉蓮之後搭捷運的心情，他看著那些拚命低頭滑手上那台小機器的人，他們的身體與他同一時空，但他們的心靈卻不知道在哪裡。手機與網路，終於將每一個人都變成了一座終端機，連接到社會母體，我們的身體會移動，而我們的心靈卻不斷回去相同的原點，那種隨機的碰撞、進入另一種生活、改變自我的可能性越來越少，因為離開變得不可能，重新開始變得不可能，你在世上留下的足跡，終究都會在網路上被搜尋出來，心靈的捆綁、掙脫更加困難。

離開已不是真正的離開，存在也不是真正的存在。他們在，卻也不在這輛列車上。列車奔馳，他們並沒有因之遠離，卻仍停留在他們的同溫層。他在那輛台北列車上感覺十分寂寞，頭一次他想離開，卻無處可去。他身上仍留有莉蓮的體溫，他周圍擠滿了陌生人，他們分別從四面八方朝他投來髮油臭味、腋下狐臭味、汗臭味、香水味、皮革味、蒜頭口臭，他們是血肉之軀無誤，但他們不再像人，而只是一堆逐漸發臭中的肉塊。他們的魂魄全被收進了那台小小的機器。當人類的意識都收進了機器裡，那麼，肉體剩下的意義真的只是電池的功能，一具具小型碳水化合物燃燒供給能量，所以一個虛擬的大共同體能漂浮在雲端。當我們以為所謂的世界已經分眾，其實我們比從前更像一個集體。

世傑離開了莉蓮，並不是因為她與李憲宏的事，而是她看見新聞之後的反應。她撲向她的手機，停止了與他同一時空。她不在了。原本溫熱柔順的肉體，充滿了豐富的感情表達，肌膚敏感而甜蜜，令人著迷，忽然像一具失掉了行動意志的屍體，沉甸甸，礙眼地佔據空間。他悶不吭氣觀察她沉迷在她的小機器。她已走了。

那是一具殭屍。

當身體不再是靈魂的居所，靈魂化為電流，奔入虛擬的時空，愛情果真是名副其實的來電，而戀人的名字是一個帳號。新戀情就是新頁面，開啟變按鍵，結束只需滑掉。戀人的功能越來越像手機上的應用程式，用來增添生活的美妙與方便，過段日子生膩，遺忘，一秒鐘空檔突然想起來，隨手刪掉。

在這個電流即交流的時代裡，如果，一個人與另一個人的私密關係，這個我們稱作「愛情」的東西，都拋棄了時空的概念，世傑看著捷運上的乘客，那我跟這群人的關係又是什麼，若我跟他們之間的連接停留在網路上的萍水相逢，那其實也跟我與我埃及朋友阿里之間的關聯不見得更深，至少我曾與阿里一同旅行，橫跨沙漠三天，有過共同出生入死的經驗。虛擬的認同與原始的體溫，他選擇後者。數字感極糟的他記不住任何手機號碼，但他會記住一個人曾待在他身邊的體溫。世界是一個太抽象的詞，人對他來說卻是一張可觸摸、有溫度的臉。

上個世紀的人李憲宏也仍記得莉蓮的體溫，因此感到物質世界出現變化，十分痛苦。他面對那組數字，絕望地將那組數字當作莉蓮在呼喚，可是對方始終不回答。這個世界終究有網路去不到的地方，像是戀人的心。

就像一般男人會做的事，當他的新情人拒絕他時，他便回頭去找舊情人。他發現自己置身在曉雯的客廳裡，四周圍繞著進口家具和昂貴藝術品，光滑無塵的原木地板，窗外是山景，入了夜，只剩一片黑。不知何處，有扇窗子開著，微弱車聲隨著清風溜進公寓，他聽見她在廚房活動的聲音，不知多久，她端了一盤乾酪和兩杯紅酒出來。即使是在自己家裡，曉雯依然全身上下無懈可擊，彷彿隨時有人闖進來拍張照片，她都準備好了上鏡頭。是不是，他猜想，長久以來遭物化的女人早已習慣了被觀賞這件事。

她在他身旁坐下來。先談公司的行政，商量一些會面，曉雯在安排他們下一趟去北京的事情。然後她就這麼若無其事地說，「你要不要關掉你的臉書？」

「需要嗎？」

「我看需要。」

他沒說話。

「也夠了。好幾天了，你不累呀？」

「沒什麼。」

「跟年輕人有什麼好吵的？過我們自己的日子吧。」

「也有人支持我的。」

「我不喜歡。」她乾脆直截了當。

曉雯身上傳來他不熟悉的香味，他問她，「換了香水牌子？」

「早換了。」

他在等她問莉蓮的事。所有媒體都已經跟進網路，焦點早就不在他跟戰斧的論戰，而是他與七年級女孩子的戀情。但她不問。她抿著她的紅酒，在杯緣留下唇印。他從來沒問過她為什麼會跟他在一起，即便在他去娶了別的女人之後，依然過著近乎守寡的生活守著他。他理所當然視她為他的一部分，彷彿是他身上的一塊胎記，平時不特別注意，想起來就看一眼，她也總還在那裡。他情不自禁伸手撫摸她的臉頰，她動也不動，他的手從臉頰滑到她頸間，滑進她背部與沙發之間的縫隙，來到她腰間，順勢一把將她拉近自己，親吻她的嘴唇。他整個人壓住她，手指摸上她的乳房，打開她的雙腿。他的動作過度劇烈，幾乎扯壞了她的襯衣。她將他稍微推開，騰出一點空間，自己解開了各式拉鍊扣子，露出一副光滑無瑕的肉體，他正要讚嘆她這麼多年來還是這麼美，她已經摸上牆面的電源，關掉天花板的燈。他臉紅氣粗，笨拙地脫掉自己的褲子，黑暗中，像一支毫無章法的敵軍氣急敗壞地進攻她的城池。磨蹭了很久，他終究氣喘吁吁地從她身上下來。

「對不起，我不知道發生了什麼事。」

「沒關係。」

「不要說沒關係，你幹嘛說沒關係？」他對她發怒。

「我沒別的意思。」

她開了燈，不知何時她已穿戴整齊，他悻悻然撿起自己的襯衫，慢吞吞拉起長褲，一口乾掉了杯中的紅酒，說他回去了。她一如往常，好像什麼事都沒發生，邊送他到門口，邊叨絮著公事，跟他說明天見。

找不到新情人，離開了舊情人的公寓，他不想回家，他又來敲我的門。

當晚龍哥與比他年輕十七歲的新男友小子剛好來我家，我們三人小酌。李憲宏的現身，照例引發我一股輕微的緊張感。

我在李憲宏身旁從來就無法放鬆。自我二十出頭認識他，我們幾乎天天見面，看似無話不談，已經二十幾年了，在外人眼裡、或許也在他心中，我已經變成了類似家人的東西，屬於他的一部分。他信賴我，倚靠我，同時需求無度，霸道，幾近剝削。當他視我為忠心耿耿的禁衛軍，要求我無條件獻出忠誠，他就成了我生命的暴君。只要他出現在我周圍，我整個人就會自動進入警戒狀態。宛如新手父母呵護初生嬰兒一樣專注、不敢懈怠，我目不轉睛觀察他的一言一行，他的臉部肌肉牽動，眼神稍微變化，我都解釋為一種軍事命令。

可能我和莉蓮一樣遭名人光環撞暈了，遇見他時，他與他的朋友們雖然也才三十多歲，皆已年少成名，備受社會寵愛，確實「戰斧」是對的，那段時期，台灣環境相對封閉，生活中各式選項皆不豐富，對我以及後來認識的中南部同齡朋友們來說，我們天天被傳媒洗腦，他們這些台北名流幾乎就是社會的貴族代表，他們文雅聰明，見過世面，跟我們的父母不同，我們的父母都在上班勞動，身體變形，語言庸俗，天天總在擔憂家庭財政，為未知而驚懼，而他們這些人漂亮有野心，說的話很有趣，做的事總是很刺激，生命態度那麼瀟灑，活得毫無後顧之憂，令人嚮往。大學畢業之後出社會，碰到他們這群台北名流，好像看見神祇從雲端走下來，坐在熱炒店與我同桌喝啤酒，覺得超不可思議，還會有股自覺幸運的感激。即便日後社會開放，資訊發達，網路已經發明出來了，第一次見面那股渾身起雞皮疙瘩的敬畏感依然一直存在我的體內，有點像是小時候得水痘之後雖然痊癒但病毒卻從此永久潛伏在尾椎神經節或靠近頸部附近，當我的自信心不強，對外界免疫力減低時，病毒便會爆發，變成一條陰毒的皮蛇，痛徹我心肺。這條復生的皮蛇不再是當年的崇敬感，而是罪惡感，我始終覺得我不該背叛他，而背叛他的定義很寬鬆，就是讓他不高興，而他不高興的原因能有千萬種，像是他半夜十一點打電話給我時我剛好在看電視劇而沒接起電話之類生活小細節，就能令我痛苦萬分。

雖然世俗上他很器重我，很快將我從一份沒什麼前途的廣告文案工作解救出來，帶我入台北文化圈子，讓我和他與他的名流朋友同桌吃飯，他們也都記得我的名字，但，也僅止於此而已。對他與他的朋友來說，我一直就是那個笑容滿面、沒有什麼脾氣的阿榮，個性謙和，任勞任怨，年輕、單身，所以不用擔心我有任何狀況，因為我根本沒有私人生活。什麼事情交給阿榮就對了，他會搞定，至於他怎麼搞定，中間付出什麼代價像是青春健康薪資親情前途之類，不在討論之中。他們有時茶餘飯後會輪流口頭誇獎我，阿榮真棒，阿榮最辛苦，阿榮最懂那些我們都搞不懂也不會做（或不想做）的瑣碎行政，阿榮有我們沒有的耐心，阿榮有他的辦法，沒錯沒錯，但，誇獎也是我唯一會得到的獎賞。我服侍李憲宏，就等於服侍他整個社交圈子。他們大部分人在路上碰見我，常常不記得我的臉孔，我的自我介紹總是「我是李憲宏的阿榮」，他們才會露出恍然大悟的表情，馬上熱情拍我的肩膀，寒暄兩句。他們的婚禮、滿月酒、生日宴，永遠不會邀請我。他們會相約去京都，請我安排史上最複雜的行程，我為他們規畫路線，訂好傳統町家旅館，為他們選定晚餐菜肴樣式，安排好沿途的交通工具，他們去了回來之後均讚不絕口，阿榮最棒，阿榮太會安排了。但他們一次也沒邀請阿榮參加他們的京都之旅。那是個圈子。進入或出來的默契，只有圈子裡的人才懂。但，這也沒那麼神祕，如果你套用了倫敦的階級觀念或香港那些勢利封閉的私人俱樂部，你就明白了這些台北人玩的是同一套封建的遊戲。

四十歲那年生日，我決定自己去京都玩，請了五天假。回到台北，曉雯在公司看見我，豎起八字眉，嬌聲嬌氣說，哎喲，別再拋棄我們了，你不在，我們群龍無首。李憲宏的妻子把一堆單據交給我，讓我拿去公司報帳，她不想直接跟曉雯說話，簡單交代我安排車子年檢的事情。瓊瓊藉機將我踢出外界與李憲宏聯繫的諸多郵件之外，只為了證明她隨時能取代我，而李憲宏走進公司一看見我回到自己的辦公桌前，馬上將那些決定的責任丟回我身上，因為他不想被俗事牽絆。我默默回到天天加班的生活，替他排行程，幫他處理他不想見的人，為他去得罪人，當他的回音板，隨時陪他抽菸喝酒，與他長時間腦力激盪，所以他回去面對人群時永遠顯得睿智無瑕，才氣源源不絕。

就這樣我過了四十歲。而李憲宏看我的眼神並沒有改變。他對我說話的語氣、看待我的方式，就跟當初我們剛認識時他三十八歲、我二十六歲時一模一樣。彷彿時光並沒有減損他的壯年氣盛，也沒有增長我的智慧見識。我們之間的關係並不與時俱進，無論是權力還是情感都沒有變化，而是化為琥珀裡的化石，變成時空的標本。

而後，有一年美國民主黨總統候選人柯林頓七十歲要選總統，她的身邊有名全能的祕書，永遠跟前跟後，柯林頓去哪裡，她就去哪裡，當柯林頓周旋人群，與各方人士握手致意，她始終保持半步跟在柯林頓後方，像個影子，隨時附耳提醒柯林頓，眼前這個妳即將微笑招呼的人叫什麼名字，什麼職稱，妳何時何地在什麼場合見過對方，記得要問候他妻子的病情，恭喜他兒子今夏進入哈佛大學就讀等，不斷低調叮囑。據說每個成功的人士身旁都需要一個這種全能的祕書，因為無論一個人多聰明，一顆腦仍遠遠不夠用，所以他需要另一顆人腦當作備份硬碟，換言之，我是李憲宏的隨身碟。他去哪裡，我就去哪裡。他做什麼，我就做什麼。李憲宏該記住、思考的，就是我該記住、思考的。我沒有個性，因為李憲宏的個性就是我的個性，我不擁有自主的思想，因為他是大腦，我只是他的手腳。他的利益是我的利益，我視他為我的生命共同體，然而，我很清楚反之並不亦然。主機是主機，而隨身碟只是額外的附屬品。

李憲宏與我，並不是現代社會的契約關係，而是家族式由上而下的隸屬關係。他要求我的忠誠勝過我的才情，他擁有我的方式就像我是一件確保他生活方便的有用物件，他期待我全心全意的付出，而他對我往往漫不經心。他不知道我其實胃腸虛弱，容易感冒，經常熬夜工作令我提早衰老，而他會與我分享他自己的養生祕訣，責怪我不找時間去運動，而從來沒有想過我恢復健康的關鍵只是需要正常上下班而已。他訓誡我毫不留情面，用詞嚴厲，宣稱他不過是為了我好，目的在鍛鍊我的人格。我曾經試圖離職，他跑來我家坐整晚不走，甜言蜜語，只差沒聲淚俱下，我從未見他追求哪位女子如此殷勤，我竟因此有點感動，以為他對我確實真心無誤，像個大家長似地帶領我、照顧我，種種高壓手段，無非為了追求我的完美。

但，一旦我恢復忠誠，留在他身邊，他又開始對我漠不關心。

他越活得隨心所欲，活得越優雅自在，我這支隨身碟就越卑微痛苦，越缺乏自信，越覺得自己像是一支竹製的抓背器，他生命哪裡癢，就隨手拿起我去抓癢，他不覺得癢時，便隨手將我扔開，冷淡遺忘一旁。他的自戀與自大，養成了我的奴性。多少次，我問我自己，為什麼他拋給我一個發怒的眼神，用一根指頭壓住我的肩膀，我就不得動彈，必須照他的意思去做，完全沒有膽識說不。

他走進我家的這個時刻，典型象徵了我們的互動關係。平時我連打電話給他都不可以，因為他宣稱他很忙，我不該打擾他，但他隨時想打電話給我，走進我的公寓，找我說話，他就做，即便是半夜兩點，他期待會看見我微笑，無所事事等待他。他沒問過我的情感狀況，我也從來不在他面前提我的家人。當我因為父親過世請喪假，我是跟曉雯說的，由曉雯去告訴他，他讓曉雯以公司名義包了一個大白包。我銷假回來時，他只拍拍我的肩。彷彿，一切只能盡在不言中。

龍哥稱我受虐狂，小子說，這是斯德哥爾摩症候群，我愛上了那個綁架我、虐待我的加害者，他愈濫用他施加在我身上的權力，我愈回報以更大的忠誠。但，我說，我不是因為享受虐待，我認為李憲宏與我之間其實有種真切的理解，那是共同生活過某種特殊時代的人所共享的歷史印記，那個時代瘋狂而暴力，不乏人性的光輝，屬於歷史上黑暗的章節，而今已然遠颺，後來的幸福人類只能從書本上去揣摩想像，但，有些事情必得要身歷其境才能懂得。而我覺得，從這個定義上來看，無知確實是一種幸福，不一定每個人類都需要知道何謂白色恐怖，何謂軍事戒嚴，何謂冷戰，他們滑滑手機，從維基百科讀讀就好，不需要真實活過那段日子。

李憲宏並不管我們三人之前在聊什麼，他向龍哥、小子點點頭，瞄一眼我們擺在桌上的香腸、乾酪、葡萄乾和紅酒杯子，他要冷幽默，諷刺我們裝貴婦，從口袋掏錢，要我去樓下便利超商買啤酒上來。

「你們不渴嗎？我好渴。」他說。於是我就下樓，拎了一打啤酒上來。是他喜愛的牌子，我當然知道他喜愛何種啤酒牌子。關於他這個人的各項習慣喜好，不碰冰淇淋、天天沖冷水澡、不愛溫泉、厭惡紅毛丹的長相，讀完毛澤東文集和資治通鑑，懶看電影，就算他的性愛癖好，我比他任何一位情人都摸得清楚。多年來，我就像一位潛伏在他身旁的間諜，收集他全部的資訊，包括他每晚關燈睡覺時間都清楚記載在我的報告裡，他卻對我一無所知，只知道我是一張友善的臉孔，除了這點淺薄印象，他無法更深入描述我的性格特徵。有天我突然消失了，他縱使感到悵然，那點情緒相信也很快就揮散無形了。甚至——當我寫到這裡時，一個念頭跑進我的腦中——我相信，如果我離開了他，終於找到方法徹底離開了他，他甚至會告訴我，其實是他一直在忍受我，對我有諸多怨言，卻念於舊情，決定原諒我、包容了我。他會說，他做什麼都只是為了我好，而且他的表情肯定看上去相當真誠。

啤酒拉環一拉，話匣子也開了。李憲宏說他無法理解現在的年輕人，為何放著好好的書不讀，正確的知識不學，要天天上那個什麼臉書，「他們不覺得浪費生命嗎？」

我們三個人靜靜喝啤酒，李憲宏自行滔滔不絕說下去，發表他對網路世代的負評。但我知道，就像一般人對未知事物常見的反應，真相是他對他們有點著迷，同時懼怕。與其說他深愛林莉蓮，不如說她引發他無窮的好奇心。他看著她，就像人們第一次見到極光，既驚奇於光芒的美麗耀眼，又因為自己不理解其中神祕的魔力，而感到畏服。他不懂林莉蓮，所以他尊敬她。那是他不曾給我的禮遇。我貼近他所得到的回報，只是親狎的漠視。

李憲宏獨白了一會兒，停頓，他看看四十五歲的我，四十七歲的龍哥，目光停在三十出頭的小子，問他怎麼看網紅現象。

小子露出他獨有的靦腆笑容，跟他一身長年健身房練出來的肌肉一點不符合，聳聳肩，「我不看別人的臉書動態。」

「為什麼？」李憲宏問。

「因為我不想知道其他人每天在幹什麼。我不關心。」小子答。

「但你用臉書？」李憲宏問。

「我只上去貼我想貼的，貼完就算了。我不在乎按讚數。」

「如果你不是為了與大家分享，何必要貼？你也可以留給電腦裡，自己欣賞就可以了。」李憲宏問。

「偶爾就是想貼。」小子以毋庸解釋的語氣回答。

「他貼的都是美食照。」龍哥插嘴。

「而且我的朋友才一百多個。」小子推開啤酒罐，拿起紅酒杯。

「我還是不懂現代人為何如此堅持暴露自己的隱私，已是一種流行病。依我來看，當今公領域的崩解，正是因為私領域的過度擴張，宛如水患，跨過了界。當公領域入侵私領域，我們都有警覺心，私領域吞蝕了公領域，我們卻尚未發展出一套有效的警告系統。為了維持公領域的完整性，必須要從定義私領域著手。」

「你可以選擇不看。」小子說。

「不看，但所有的討論現在都發生在臉書上。」李憲宏說。

「那只是誤解。不上臉書，就像關掉電視機，你馬上耳根清靜，還是活得很好，甚至更好。」小子說。

「而且全部的發言都不知道那是純屬私人發言還是公開論戰，文字與言論都聞上去有點狡猾，隨時準備推卸責任。」李憲宏繼續說。

「你太認真了。」小子平靜地說。

李憲宏喝口啤酒，他的太陽穴明顯在起伏，「我只是想搞清楚怎麼回事。」

龍哥先瞄我一眼，「我現在的確每天從臉書得到我的新聞了。」

李憲宏挑釁，「你相信你讀到的東西？」

小子幾乎像機器人般無情緒，「就像我剛剛說的，你不需要太認真，滑手機讀新聞，就像早晨起床去海邊游泳，你只是去資訊汪洋游一圈回來，活動一下筋骨，然後開始新的一天。」

「你怎麼認為假新聞、假資訊在外頭漂流，不是一件嚴重的事？」李憲宏笑得肌肉痙攣。

「你們以前電視只有三台、報紙只有三家的時代，由資深記者撰寫，出自作家之手，有編輯把關，你們讀到的新聞、得到的資訊就一定是真的？」小子眨了眼。

李憲宏愣住了。龍哥和我沒說話。小子倒乾瓶底最後一滴紅酒，「更何況臉書現在只剩老人在用了，現在年輕人只玩Instagram。」

李憲宏走了之後，龍哥問我，「他到現在還不知道你愛男人？」

「不關他事吧。」我抵一口啤酒罐。

龍哥問，「那他也不知道你愛他？」

「這，也不關他事吧。」

「他怎麼可能不知道？只不過他們那一代人習慣萬事不說破，以為這就是美學的最高境界。」小子輕鬆拋顆花生米進嘴裡。

李憲宏的八卦炸了網路，應該說樂了臉書。在二十一世紀的第二個十年，各式社群媒體紛紛出籠，掛在太平洋西邊的台灣島選擇了臉書，當作主要的溝通工具。在台灣，使用臉書人數的密度遠高於臉書原產地的美國。臉書彷彿是主要水源，台灣人天天從臉書這條大河掬水，分分秒秒都口乾舌燥，隨時合掌捧水啜飲解渴。六度分隔理論，在臉書空間成了頂多二度分離。誰都是誰的朋友，虛擬的親密感在一個注重血緣人脈的社會裡變成高度有效的社交工具。

臉書極度殘忍，對個人生活帶來的殺傷力高過它所能提供的撫慰。雖說是用來建立加深友誼的軟體，但愛並不真正存在。如果心中無情，任何虛假言語都能出口，用詞皆毫無顧忌。

網路上的霸凌，並不來自匿名性，而是人際關係的斷裂。虛擬的親密感，沒有真正情感的牽絆，因此肆無忌憚。華格納《尼伯龍根的指環》的第三部歌劇《齊格菲》，齊格菲原本是一名不知恐懼為何物的年輕英雄，他將死去父親的斷劍鑄成鍛亮的新劍，成功屠龍，消滅了詭計多端的壞人，得到寶藏與指環，卻在舉劍砍斷女武神的鋼鐵胸甲之後，頭一次，他突然嘗到恐懼的滋味。他發現自己愛上了容顏光亮有如陽光破雲而出的女武神。原來愛是恐懼的來源。因為愛，才會害怕。害怕傷害對方、或對方傷害自己，害怕對方不愛自己，對方會遺棄自己而去，恐懼失去，不能保有這份愛幾乎象徵了生命的終點。在乎，心靈才會顫抖。臉書不懂得懼怕，臉書的愛是偽裝了的恨。

臉書輿論很快替林莉蓮取了綽號「酷酷妹」，明諷暗貶她利用青春美貌，不擇手段往上爬，愛慕虛榮，甘願當已婚老男人的情婦。李憲宏過去更多戀情被掀了出來，這個男人的風流韻事本是虛無縹緲的都市傳說，一直在朋友圈子流傳，從來沒有公開證實，坊間週刊將所有跟他有過牽連的女人列了芳名錄，排出她們每個人的大頭照，印成白紙黑字，好像高中畢業紀念冊。曉雯被拍到某天傍晚一人神情落寞走在忠孝東路的巷子裡，宣稱獨家披露的網路媒體下標題「老牌小三終遭小四欺，濃妝豔抹一身棄婦味」，用貓哭耗子假慈悲的口吻，可憐她人老珠黃，竟遭情人拋棄，縱使費心裝扮，仍像過了花期的鬱金香，凋零神速，夕陽下形單影隻，一步一步走向黑夜。李憲宏的年輕妻子剛好帶孩子去法國玩，躲掉了風暴，媒體找出一張她當年陪李憲宏出席宴會的照片，她美得不像真實生活的人，長髮如雲，明眸流轉，豐頰紅唇，凹凸有致的身材裹在白色蕾絲小禮服，宛如經電腦軟體修飾過的封面模特兒那般完美。

本是世代之間的權力戰，不到二十四小時，變成男女之間的風流帳。網路翻臉，比翻書快多了，而且記憶很短，遺忘非常長。

李憲宏試圖要在臉書回應，卻引來更多攻擊。他每回一句，就像從自己身體剁下一根指頭，還是剮下一塊血淋淋的大腿肉，丟到大海裡，濃濃的血腥味，很快染紅了周邊的海水，立刻引來附近的鯊魚不斷聚集過來，數目無窮無盡。

在臉書爭執，如同在巷口衝突，容易引來圍觀。巷口這類城市角落，狀似安靜，卻仍屬於公共空間，朝大街開放，交通川流，行人來來去去，突然一個狀況發生，也許是兩輛車擦撞，司機下車吵架，也許只是情侶對立，女孩臭著一張臉，男孩叉胸而立，沉默不語，明顯在冷戰，也許是鄰居在爭停車位，雙方嗓門越拉越高，一個人出手推了另一人一把，有狀況，就有注目。隨著事態越演越烈，好奇駐足的人數逐漸擴張，迅速黑壓壓一片，大家都抱著免費看電影的心情，津津有味看起陌生人的生活碎片。有人嫌無趣，很快離場，有人情緒投入，忍不住插嘴評論，違反了觀棋不語的原則，熱心下場幫忙，更多人繼續環手抱胸看熱鬧，等回家吃晚飯時間，再跟同桌的親朋好友報告今日所見所聞，一起討論。臉書的漣漪效應看似很神奇，具煽動性，因為高科技的散播，將每道原本溫柔的浪花都變成高達三十樓層高的海嘯，因此效果驚人，然而，仔細想想，傳播的本質卻依然十分原始，其實就是路邊看熱鬧的意思。

圍觀這件事的本質即涉及多重角度。每個人站的位置不同，目睹的景象自然不一樣。觀者的身高，站左、站右，蹲著，還是從高處往下俯視，都會影響他的視角，進而形塑他認定的事實。雖說眼見為憑，其實不然。每個人都受限於自己觀看的位置，因此所見所聞只是兩隻眼睛前面的景象。所有的觀點皆是主觀，純粹的客觀並不存在，唯一達到想像中的客觀的方法其實是承認自身的主觀，聆聽其他的主觀，交叉論證，拼湊出一個人類社會的共識。

然而，高科技給了人們掌握「客觀」的自信。因為科技發達，手機的攝錄、直播功能越來越先進，在任何時間地點的「現實」都能立即被傳播出去，讓所有人看見。因為看見，人們便以為掌握了「事實」。雖然目睹那份正在發生的現實，卻不真的身處現實之中，真實的生理距離給了人們安全感以及自以為客觀的超然性，於是，路人甲路人乙路過臉書，便七嘴八舌地吵起來了，而且個個吵得很有把握，因為那些克服時空障礙來到他們小型私人螢幕的照片、直播、影像，讓他們以為他們目睹了「現實」，因此絕對掌握了「事實」。

何謂「事實」，說是事物的客觀存在，其實是每一個人對世界的認知。

李憲宏這一代人以幾近蠻橫的高壓態度對待我這一代人，而我毫無招架之力，只能軟弱接受他的輕蔑，承受他時不時的侮辱，向他的價值觀低頭。即便我對上一代人的遊戲規則與美學品味如此不滿，照理要同情林莉蓮的年輕世代，加入他們的叛逆，跟著他們輕視老一輩的保守自滿，將上一代標籤「長輩」，便束之高閣，完全不理，只求追求自我世代的完成，可是，情感上，我始終與李憲宏更親近，而非林莉蓮的年輕世代。

是看了臉書上的諠嘩爭論，我才突然意識到為什麼我輩如此懦弱頹靡的原因。

我、以及李憲宏以上的世代，所謂的「世界」當作一種客觀的「事實」，一代代傳承下來。世界是一整套知識，必須要透過學習，像是閱讀、教育，經歷失戀、挫折，嘗過戰爭、貧窮、疾病種種滋味，才能稍微理解世界是怎麼回事，才知道如何在世界自處。我們活在世界，世界包圍著我們，我們卻從未看見世界的全貌，人的一生就像活在黑夜裡不斷尋找光束，以求偶爾照亮四周，窺視一點世界的長相。即使窮盡全力看到了一點點，終究仍是一點點，就像學會了潛水，不管人類如何拚命往下，比起你不可能抵達的深海，你畢竟仍只在浩瀚大海的表面上漂浮而已。

網路改變了一切。因為網路，世界變小了。與其說高科技消弭了時空的距離，不如說，世界從一個偉大的概念，掉落成一顆橘子，為何舉橘子，其實也可以說桌子、漱口杯還是素菜包，因為概念是抽象的，而橘子是實體的，可觸摸的，能夠被理解的，馬上被消化掉的。世界原屬於哲學，而網路出現之後，人類已經不需要哲學了。世界原本無所不在，宛如空氣，而今網路就是世界，但網路永遠有答案，可以透過螢幕，顯現未知為已知，網路就像魔術師把世界憑空變出來，具體成一顆可握在手心的橘子。

我永遠記得林莉蓮的表情，當她看著李憲宏，並不像上個世紀人們看著戀人的臉，充滿了齊格菲的恐懼，戀人稍微皺眉，露出不悅的神情，便絕望地想去死。她的眼神將李憲宏的臉當作一面手機螢幕在滑，每滑一次，便期待一個答案，一個答案跳出來，她馬上又滑掉，等待下個答案。再沒有什麼神祕的眼神，憂傷的微笑，還是淒涼的喜悅這類令人無法理解的人類情緒。只剩下期待快速解答的暴躁。

網路出來後，任何事物都很快有個懶人包。縱身跳入大海，在無窮無垠的人類知識庫裡拚命游泳，直到筋疲力盡也無法找到岸邊這種感覺幾乎已經不見。以前學做菜，第一個念頭就是打電話問媽媽，現在就上臉書，看視頻，Google變成所有人的家長，老一輩的人類因為健身長壽，只是市場上另一名具威脅的競爭者，而不是經驗與智慧的傳遞者、下一代的保護者。世代之間不再是上下，而是平行左右。

李憲宏以為他有東西可以教給下一代，而我輩仍保有台灣社會戒嚴時代的威權記憶，我不自覺接受且認為應該尊重他的「我都是為了你好」的強勢指導，縱使那可能只是包裝了自私自保自尊的慣用手法。總之，我的教育，仍由「人」給我的，或許帶點不愉快的氣味，但那是人的氣味。我對世界的知識，是緩慢透過時間，一點一滴沙漏到我的腦海，逐漸成島，累積成大陸，才有了一張地圖。隨著年紀增長，那張地圖不斷修正，終於固定，每回碰到什麼事，我就會回到我的心中按圖索驥。我的守舊，我的被動，我對傳統的敬意，我對未知的反應，我對生活的自信，都牽制於這張地圖。

然而，網路養出來的世代他們腦海裡並沒有這張制式不變的地圖，只有閃爍的光點，隨著他們搜尋的指頭，忽明忽暗，不時由虛無中浮現出來，又消失無形。他們沒有了「長輩」，打破傳承概念，對他們來說，世界真的是平的。所謂的世界不再像一顆完整的地球儀，得通過一場漫長而盛大的成長儀式，由一群年長的人交接給他們。世界也不再是緊緊上鎖的一扇門，鑰匙掌握在他人手上，他們必須接受上一代的嚴格訓誨，努力證明自己，獲得別人的信任，鑰匙才會交給他們，他們才能穿過那扇門，世界才終於屬於他們。網路已是世界，而他們在世界之中長大，自由漫游，沒有父母，沒有師長，沒有長輩。資訊到處流動，隨手滑來，沒有什麼強制要吸收的知識系統，也沒有什麼一定要繼承的傳統倫理。人種只分兩種：網路裡的人和網路外的人，而網路外的人不算存在。

當傳統建制在網路之外逐漸崩毀，權威掃地，專業不再被信任，任何老式方法都變得不合時宜，網路內卻逐漸有了新的建制，這個建制叫同溫層。鼓勵流動的全球化時代結束之後，人類又重新回到村子生活，一個一個社群軟體都是一處一處村子。村子之間，可以老死不相往來。人類只要一點點生活技能，就能活一輩子。

我渴望大膽地說，以前的世界屬於文學，屬於哲學，即便是科學，也是屬於理解世界的工具，也就是說，過去的人類承認自己的無知，認為所謂的世界宏大無邊，神祕難解，視生命為一道永恆的謎題，因此不斷找尋途徑去瞭解事物的本質。以前的人，以為有真相存於世上，只是自己不知道，一輩子努力追尋，而真相未必是事實，眼見發生過的事並不見得是真相，真相是事物的本質，而事物的本質時常隱而不顯，因此人類只能探索，分析，窮盡所能去思考種種可能，從大破解為小，從小至微，元素到分子到原子，如此不斷下去，直到想像中的最小粒子。

然而，網路時代卻是市場學、社會學的大數據時代，求大而不求小，求代表性而不求獨特性。文學的精準只需一個角色，社會學、市場學卻需要數量，越多越好，分門別類之後追求系統化，由上到下拉出一個大概念，所以能簡明解釋人類的行為，用來制定公共政策、或賣一瓶番茄醬給你。大數據時代裡，每個人都屬於某個群組，上網機率越頻繁，你這個人就越能被歸類，以證明龐大數據庫的有效性。

當李憲宏在臉書吹噓，他們那一代人多麼優秀，做什麼都容易被注視，而林莉蓮在臉書不斷哀嚎，他們這一代人多麼可憐，做什麼都難以被認可，因為他們一個人活在文學的時代，因此容貌鮮明，多彩多姿，個體的獨特性被凸顯、被認可，另一個人則活在大數據的時代，無論你做什麼，都逃不過被歸類、被標籤、被定義的命運，只為了證明某個蠢蛋坐在桌前發明出來的大概念是對的。

什麼都發生在網路上了。小說家幾乎無用武之地。我想向你報告故事的進度，但其實什麼也沒發生。李憲宏照樣開著他的跑車，神出鬼沒，周旋在他的女人們之間，曉雯還是坐鎮辦公室，繼續當她的台北名媛，瓊瓊依然天天與我勾心鬥角。那一週天氣很好，我還抽空去象山健行。

臉書彷彿颱風過境後的街道，一下子淨空了，人們平靜貼著美食照，互相撒嬌，空氣中瀰漫百般無聊的寧靜，等待著下個颱風，很快就有一位立法委員說錯話，取代了李憲宏，變成路人看熱鬧的對象。林莉蓮本來關了臉書，沒幾天就恢復了，她在臉書的粉絲群不減反增，但她確實不再持續貼文。她和瓊瓊並沒有絕交，他們一大群人仍常常混在一起，只是不再邀約李憲宏了。他被當作一個抽象的父權符號，束之高閣。

李憲宏這個父權符號在我心中，在學生運動發生之後，終於起了極端的變化。

那個春天的夜晚，李憲宏慣常邀幾個名流朋友在曉雯家裡吃飯。台北市的精華就在私人空間裡。醜陋雜亂的市容，不知為何總是無法完善規畫的基礎建設，永遠不投資維護的舊公寓，交雜幾棟突兀驚悚的新建物，台北看起來似乎很窮，但所有經濟指數都顯示這座城市其實很富裕，她的財富就藏在海外帳戶、外國護照和私人客廳，以及在外人眼前隱了形的人情網路。吃飯從來不只是吃飯，許多生意情報、人情交易都在飯桌上完成，偽裝成親暱輕鬆的老友談話。

桌上擺著義大利紅酒，東門市場的燒餅，宜蘭的白蘿蔔，日本的魚，曉雯親手燉了佛跳牆，談話輕盈，言辭自嘲，神情幽默，透露略微壓抑的自滿，縱使淡淡地，但難以忽略。這群老友日子均過得不錯，反映在年紀初老卻不顯皺紋的光滑額頭，臉頰煥發長年運動習慣養成的特殊光彩，肌肉結實的肢體放鬆地擱在椅子上。台北圈子的最新話題關於台東置產，買塊地面向大海，蓋自己的房子，種自己的菜，跟原住民朋友喝酒。普羅旺斯之於巴黎，輕井澤之於東京，台東成了台北人的漢普頓，宛如靈魂專用的溫泉，供城市人精神泡湯，洗滌他們的煩憂。他們口頭上宣稱自己退休，遠離台北的塵囂，移居台東，但他們其實比以往更忙碌，今天飛北京，昨天在廣州，下禮拜要去杭州，還要不時抽空去日本、歐洲旅遊，在台北的時間再沒有連續超過十天的紀錄。他們輕輕地笑，自得地啜飲，世上的煩憂只是報紙頭條的炒作，而他們不屑看報紙已經很久了。

他們閒聊上海的房地產，交換情報，李憲宏敘述他在北京見了誰，最近做些什麼生意，席間有位姓吳的女士長駐北京，在外資公司擔任高級主管，驚呼她的眼睛看慣了北京的大道大路，回來覺得台北小街小巷，什麼都小一號。她抱怨北京生活品質粗糙，空氣污濁，食物沒有味道，舉例去餐廳如何無法得到恰當的招待，人們還是不懂適時說謝謝兩字。下了工，她的朋友仍是台灣人，她對北京的資訊主要來自幫她開車的司機和幫她打掃的阿姨。還是住在台北舒服，她說。同一個句子，無需換氣，她睜圓了眼睛，批評台灣近年來發展停滯，沒有丁點進步，人們抱持苟安心態，得過且過，都不像海峽對岸日日新，突飛猛進，城市處處是創意，年輕人充滿活力，財富累積比天高，全世界最好的東西都送往北京和上海的店鋪。

他們聊起中國內地青年如何渴望從他們這一代台灣人學東西，他們所代表的台灣文化符號在中國內地孩子的眼底，仍具極大魅力。他們到處受邀去工作，中國內地最優秀的青年會主動接觸他們，高度仰慕他們，表達向上的渴望，懇請他們幫忙。相對之下，他們嘆息台灣年輕人如何懶惰不好學，小鼻子小眼睛，還自以為是。

「台灣年輕一代不讀書。」李憲宏的作家朋友搖頭，他八〇年代寫了兩本不怎樣的小說就停止創作，他朋友編寫台灣文學史時，他仍被記了一筆。

「他們拍電影只拍商業片。不像我們當年什麼都不懂，沒有人教我們，就一路拿國際大獎。」

「就那個啊。」

「什麼？」曉雯問。

「那個小確幸。」住了北京三年的吳女士斬釘截鐵下結論。

「整個社會失掉了野心。年輕人只想旅行，休假晃蕩，小巷內開咖啡館和書店，騎單車去菜市場。不想太辛苦。」李憲宏歎息。

「但他們上了網，卻那麼具攻擊性。」吳女士還在替李憲宏先前的網路遭遇抱屈。問他是否還上網。李憲宏搖搖頭，他只潛水，不貼文了。

「我叫他別浪費時間了。人生太短，視平線以下的人不重要。」曉雯不罵髒話，但她對人的輕蔑從不客氣。

已知天命的作家由口袋抽出一根菸，「當我們過了一定年紀，與年輕世代的關係只能有兩種：不理他們，或諂媚他們。」

李憲宏不自覺從口袋掏出手機。他從身上不帶手機、拒用智慧型手機到出門不帶手機就覺得沒穿衣服，每隔五分鐘就要查一下臉書動態，即便在重要會議也不顧禮貌地滑。對他來說，滑手機已經變成像眨眼睛這類動作，幾乎是無意識的，大腦不用下命令，指頭就機械性地做，變成生物系統的一部分，像喝水、吃飯、上廁所一樣基本。

他滑了幾下手機，宣稱他得走了。他巡視全桌驚愕的眼睛，看見了一直沉默坐在桌邊一腳的我，喊我跟他一道走。我這名桑丘站起來。

一路上，他沒解釋。我自己滑手機。因為抗議白天立法院五秒快速通過一樁法案，開放中國內地人才來台從事服務業，傍晚開始在立法院前聚集靜坐的大學生們突然衝進了立法院。

車子開不進徐州路。人們從城市各處趕來，一下子擠滿了立法院周邊的道路。李憲宏把車子停放在中正紀念堂邊的信義路，我們徒步穿過潮溼的黑夜，一個轉角，便撲咚掉入了黑壓壓的人海，而且這片大海仍往外淹漫，逐步吞噬更多城市版圖。迎面而來全是發亮的瞳孔，騷動的氣息，狂熱的聲音，興奮的笑容。李憲宏腳步絲毫沒有慢下來，像條敏捷的魚游竄人海，我笨手笨腳跟在後頭，不斷撞上他人，一直忙著道歉，不一會兒，我便失去了他的身影。我電話他，他沒接。我傳簡訊，他回了，「等我。」

人越聚越多。發生迅速。差不多一場雪崩的時間。原本星空沉默，銀白雪地與星光互相輝映，突然，聽見悶雷似的巨響，轟隆隆，戰車般馳近，滿目白色已撲天蓋地而來。因為夜晚加深而冷清寂靜的城市街道，立刻被雪崩般的人群掩埋，頓時比白晝還熱鬧。

人們不約而同，出現在同一地點。我想像他們各自中斷了原先的活動，像是家庭聚餐、情侶約會，在校園食堂跟同學聊天，剛好從電影院出來，本來在市中心某間舞蹈教室揮汗學肚皮舞，坐在河堤望著黑暗的河水無聲奔流，在辦公室電腦前寫會計帳，或躺在客廳沙發看政論節目，憑空，他們聽見了不知由何處抵達他們時空的召喚。像小狗聽見尖銳的口哨聲，他們豎耳，動身，奔向那聲呼喚。

各自存在時，每個人僅是微小的水滴，當水滴聚攏，他們成了池塘，成了溪流，成了大河，最終匯成汪洋大海；大海怒吼奔騰時，力量足以劈斷任何一艘構造堅固的船隻，擊碎堅硬的岩岸，摧毀岸邊的海港與漁村。我明白海洋的力量，但海洋的意志也使我迷惑，甚至害怕。

在人群中遊蕩，就像在大海上航行，新鮮海風沁人肺腑，視野遼闊，彷彿未來終於在眼前展開，充滿無限可能性，同時海域險惡，有股遠在人類出現之前就存在地球上的遠古力量仍活在海平面之下，隨時準備翻覆人類這條可憐的小船。宛如一名警覺水手，在美麗大海之上航行的同時，提醒自己不要沉溺了。

在場所有人都抓著手機。他們全上了網，寫下自己當晚的經歷。每個人都化身即時新聞的記者。他們眼裡流露一股戰慄的興奮感。而我知道那是因為他們自認從空氣中嗅聞到了所謂的歷史感。當晚在街上的人們覺得自己參與了一場歷史盛事，如果他們來不及當主角，至少他們是見證者。而在台灣這塊小島上，長年遭受地緣政治與殖民勢力的擠壓之下，人們從來不覺得自己掌握了歷史的話語權。我們通常習慣的是被他人定義，在別人早已依他們經濟文化優勢規定好的世界框架裡，溫馴而絕望地尋找生命的出路。歷史從來不是為我們而寫，我們從來寫不了歷史。而那個晚上，台灣人企圖用臉書寫歷史。感覺好像全台灣都上了臉書，都在記載、敘述、詮釋自己的夜晚。他們在自己的小手機上認真打字。一指一指敲進螢幕，送出訊息，朝外太空送發密碼，朝虛無吶喊，我在這裡。

我只是一個人，我只有一雙眼和兩隻耳朵。我只能說出故事的一個版本。關於當晚發生的事情，一年之後許多人在臉書爭執，堅持自己的故事才是真相。他們以臉書記錄了自己的經驗，並天真地以為只要是自己在臉書貼了文就自動變成歷史紀錄，成為唯一的事實，無人可以辯駁，然而，誰知道最後跳出來跟他們爭論的人卻是當晚肩並肩站在他們身邊的親密盟友。

既然我是路人甲，且讓我維持路人甲的身分，我只能回到我的故事，我其實只是在圍牆外，人群中等待李憲宏。

在我出生成長並生活近半百的城市裡，空氣總是溼氣濃重，因此無法揮發人體的汗味，混雜了小吃攤販的食物氣味，路邊停滿了車輛與摩托車，周圍建築雖不高，人走在其中卻總是覺得自己很渺小，這一切，包括了群眾運動，在我成長記憶中，只是這座城市的日常風景。

那晚，站在牆邊，我看見莉蓮。夜色裡，人群中，她頭髮剪得極短，染成金色，穿著全然改了風格，以前她總是簡單T恤、牛仔褲加短靴，顯露少女般的秀美身形，現在全身黑，層層疊疊，黑布掛上衣覆蓋在八分褲外，厚重的黑大衣彷如戰袍一樣披掛，抹了口紅，黑色厚底鞋上頭釘了亮片。她看起來像不知從哪一座國際大城市飛來，剛剛落地台北，而她也希望別人注意她的格格不入。她不屬於這座城市。她緊繃著細緻五官，拿著一台碩大的黑色機子，儼然影像工作者，專注四處攝影。

她碰見了幾張認識的面孔，交換微笑，簡單幾句問候。她渾身上下飄散一股藝術家的優越感，她是來這裡觀察、記錄，眼前的一切日後將變成她的創作素材。她那種自以為公正的超然，讓她成為一名在場的旁觀者，她思索的是一部影片還是一篇報導文字。

我注意她遠遠瞥見了神采飛揚的淑媚。這是淑媚的夜晚，她不是一個人，而是跟一大群人在一起，出出入入，好像在辦家族宴席。她的長髮依然捲而長，略略遮蓋寬大的下顎，膝蓋以上的短裙，臉孔化了淡妝，流露台灣女孩子特有、從來沒脫離七〇年代文藝片的婉約氣質，有理想、有覺醒但依然保有傳統美德，同情各類弱小以及各種小動物，但，一旦心愛的男人出現就會摧毀她全部人生野心的那種女性。當莉蓮像是外國觀光客一樣在台北立法院拍照打卡，淑媚的臉書動態頭一次不貼任何照片，只有需要解碼的密語，同溫層才會立刻明白的神祕溝通，而且密集更新，幾乎每隔二十分鐘就一次，她在呼喚還未到場的人，組織已在現場的人，警告大家注意可能的危險，有次她只寫了兩個字「感動」，又一次是「衝啊，永遠要前進！歷史不會等我們！」然後貼了一個字：「愛。」那個晚上她最常重複的，當然，是她最愛的兩個字，「台灣」。

我同時認出了街邊的王艾菲，她很安靜，像一棵路樹獨自佇立於夜的陰影，一根菸抽完又一根，不見她跟誰說話，也沒有採取任何行動。她只站在那裡。日後進入長期抗爭時，她擺了一個募款攤子，幫助逃跑移工的基金，門可羅雀，沒募到什麼錢。

那個深夜，某刻，我抬頭了，沒看見星星。還是我的台北。我想起托爾斯泰的《戰爭與和平》，在死傷慘重的戰場上，即將死去的軍官躺在地上，微風拂過他的睫毛，他想，藍天多麼清朗美麗。歷史回望，總是轟轟烈烈，但，事情發生的當下，往往不過是一個尋常時刻。

「時代」這個名詞十分籠統，指涉某個特定時空，幾個年頭，只要活過那個時空的人們，不管你的性別、當時的年紀，只要你經歷過，讓時代在你的生命烙下痕跡，都能宣稱自己認識那個時代，屬於那個時代，擁有那個時代。而時代包括了看似遙遠的新聞事件、大地的氣候變化、農作物的生長情形、街上的服裝品味、店裡轟炸耳朵的流行音樂，涵蓋了戰爭人禍、自然災害，即使個性再遺世獨立的人也躲不開時代的全面影響，當海嘯浪頭高如摩天巨廈撲過來時，它不僅吞噬了趕流行戴花帽的妙齡小姐，也捲走了數十年如一日每晚上床一定戴睡帽的七十歲婆婆。因為時代是環境，人活著便是活在這個環境裡。

「世代」卻明確而專斷，一九九九年或二〇〇〇年滿弱冠之齡，一年之差，便決定了你是否屬於千禧年寶寶，而那些學說主義、市場概論也就立刻鐵口直斷了你的基本性格，以及你整個人的命運：千禧年寶寶自小生活優渥，父母採用愛的教育，不斷告知你是特別的孩子，考試不必爭第一，如果你在外受挫，都是社會環境的錯，你因此懶惰、不求上進，只愛生活不愛工作，由於不再依循傳統社會途徑獲致成就感，於是依賴臉書按讚數來得到肯定，難免鎮日患得患失，為求外界認同，同儕壓力急劇上升，內心畢竟不夠堅強，千禧年寶寶外表看起來什麼都不在乎，卻最沒有自信。等等。等等。如此這般沒完沒了的分析。你這個人因此淹沒在一份厚厚的學術報告所根據的大數據裡，或出現在台北南京東路上某間廣告公司做給運動鞋客戶的幾張投影片上，還是變成總統大選過後電視名嘴口沫橫飛噴出來的一個名詞，啊，都是你，現今社會的全部問題皆是因為你，你既是柔弱、需要扶植的下一代，又是讓這個社會失去了希望的罪魁禍首。根據這些世代的說法，人跟紅酒一樣也有出產年份，你在哪一年出生，就決定了這瓶酒的風味，甚至品質。

比起世代，時代更像是一場大地震。地震發生時，地表上的所有生物、非生物集體經歷了天崩地裂的感受。當地震過後，世界重新來過。凡是幸運活下來的人，只能拾撿起生命的碎片，自己找出法子，彼此默默扶持，繼續過日子。地震的影響通常是全面而深遠，不分特定對象，只根據個體的情形，而有了不同程度的衝擊。

我不記得何時開始流行世代這個概念。我估計是二十世紀的資本時代發明出來的市場標籤，將人分門別類，所以可以對他們販賣商品，四十歲的時尚，二十歲會喜愛的飲料，五十歲需要的家電用品，三十歲該考慮的理財方案。文學的敘述也因此改變了，無論是狄更斯的《雙城記》還是雨果的《悲慘世界》，他們切入世界的筆法都由時代下手，無論那是一個最好的時代或是最壞的時代，八歲孩童、六十歲老人還是青春戀人都活在裡頭，身不由己，必須面對時代的殘酷。宛如堀辰雄小說的《風起》，時代的風一旦吹起，人唯有努力活下去。昔日對時代的理解，更像是人類對自然環境的描述。

世代也是國家現代化之後才出現的概念。為了收集以及分配社會資源，現代化國家將人們分批管理，根據你的年齡數字，將你送進學校受教育、送進企業工作，向你徵稅，給予不同人生階段的社會補助，規定你的退休年限，法律明文規範每個人何時有權喝酒、何時合法性慾、何時投票、何時開車上路，你不在法定年齡喝酒做愛，你就犯了法。

因此每一群年紀相仿的人都在差不多的時間點做差不多的事，使得世代變得如此重要。同時上學，同時畢業，同時找工作，同時買壽險，同時退休，按照國家法定的生命節令在走，因而形成了類似某種嗜好俱樂部的團體歸屬感。如同海釣愛好者，因為著迷了這件事，天天跑去海邊釣魚，逐漸就會認識同好，透過討論海釣的技巧，分享經驗，相約一起去海釣，海釣之後一同吃了幾頓飯，有一天居然也相約看了幾場電影，還陪伴去日本旅行，相知進而相惜，逐漸形成「我們」的認同感，社會其他人於是變成了「他們」，跟我們不一樣。

我也懷疑，世代因此變成了現代人焦慮的來源之一。人變得容易沮喪，對自己不滿意，時時挫折，生活中充滿了各類令他疼痛的細節，因為他看見了同齡的釣魚愛好者都高高興興買了最昂貴的漁具，互相評比配備，爭先恐後誇耀哪月哪日哪片海岸有什麼神奇的海釣經驗，而他卻因為假日要加班、還是資訊不足，或沒有一輛像樣的四輪驅動車，而沒能擁有如果不是更好、至少相仿的輝煌經歷可供誇口。因為世代的同儕壓力，稍微左看右看，一個人便會輕易得出為什麼不是我的結論，感覺自己的生命蒼白不足，產生強大的剝奪感。

人類通常是嫉妒最親近自己的人，而不是遙不可及的對象。淑媚不會去嫉妒奧黛莉赫本的天生優雅，因為她永遠不可能是奧黛莉赫本，但，她會嫉恨莉蓮自然流露的都會感、自以為是的國際文化資本，就像莉蓮難以解釋自己為何輕蔑淑媚天生的渾圓性感，對她的庶民性格感到刺眼，其實她們都在對方身上看見了自己所難以企及的特質。若這點與自己迥異的人格魅力發生在一個蘇格蘭人身上，淑媚或莉蓮都只會歡天喜地欣賞，覺得自己能夠認識這個蘇格蘭朋友真是太幸運了。莉蓮與淑媚兩人，兩個獨立的個體，本應長出不同的生命形態，但因為她們同是台灣人，同是台灣女孩，同是近三十歲，生命之間的距離太過貼近，卻出現了為何不是我的嫉恨。

我看著她們兩人在同一條街上，參與同一樁運動，可能也認同相同的價值，譬如她們都會捐款給流浪動物協會，也會嚮往去澳洲海灘搶救擱淺的鯨魚，支持同性婚姻，想要保護台灣各地的古蹟，但我明白她們並不是同一類人，而且不該是，如果台灣的民主制度有任何的意義，應該就是容許每個男孩女孩都自由長成她們所欲的模樣，不用照同一套標準人生去走。

然而，即使在革命的場子，女孩們之間的嫉妒並沒有消失。無論在什麼樣的時代，我懷疑，我們是否能逃過我們自己的人性。

太平時期的奢侈品。死亡不再時時刻刻直視恫嚇，嬰兒平安長大，老人長壽而健康，經濟活動繁盛，跨過邊界輕鬆平常，人們的分類不是軍人與老百姓、難民與大後方，而是剛剛研究所畢業、短髮長腿、中產家庭背景、喜歡巴哈音樂也會繪畫的千禧年寶寶女子，而是事業橫跨兩岸三地、當過電影製作人也出過詩集、過了四十才結婚生子、終生黑膠片迷的戰後嬰兒潮男人，他們之間的無聊糾纏畢竟只屬於他們之間，無涉旁人。那句吵架時才衝口而出的「你不是我，你不懂」，只能在和平時代才有意義，因為生命容許豐盛的餘裕，讓我們細分彼此，爬梳自我。因為時代若發生大規模的災難，所有人的生命經驗將全部統一起來，譬如世界大戰，譬如黑死病，譬如饑荒，關於死神，沒有人會因為比誰年輕幾歲或年長幾歲便能逃脫。

相對於革命，運動也是可愛的。人們上了街頭，而他們只是想表達意見，改變社會的方向。但，無論如何，他們終究要回去自己的生活裡，因為生活畢竟最重要，所有的盛世之所以為盛世，便是讓人們各自擁有生活。

我花了那麼多時間描寫莉蓮和淑媚，可能便是因為她們的人生平靜，其實沒什麼好寫的。無論她們自以為經歷什麼成長的痛苦還是人生的挫敗、面對了不公不義或是大邪大惡，那都是發生在一個相對安全無憂的環境裡，即便改變了他們的人生態度，畢竟不會真正傷害他們生命的筋骨。他們會如一棵樹頂住了風雨，繼續成長。是中國詩人北島的詩吧，「……我並不是英雄，在沒有英雄的年代裡，我只想做一個人。」

隔著人潮，隔著幢幢樹影，圍繞著口號標語、青年人的怒吼，她們的身體在現場，她們的心卻逃逸了無論那是世代還是時代的號召，潛入一條私密意識的河流，河水奔騰，奔向她們心之所向的目的地。雖然她們迫不及待來到街頭，以為自己正在目睹或參與所謂的歷史，但她們心頭上卻都還牽掛著同一個年輕男人。

多少私密的渴望無法被大聲在街上嘶吼出來，多少生命的細節不適合放在網路上展演，對個人來說卻又那麼珍貴。莉蓮看著淑媚，淑媚轉過頭來時，莉蓮的目光正巧移開，等莉蓮回首，淑媚又那麼剛好開始跟一個戴黑框眼鏡的女孩說話，當莉蓮仰頭看學生站上了建物的屋頂，淑媚藉由藍色晨曦打量了莉蓮。隱晦不顯的目光，有意無意，就這麼來來去去，刀光劍影地悄悄對決。不在場的男孩，他的身影卻無所不在，藏在萬物的枝節裡。

之後，兩個女孩都將各自分開領悟，那個叫世傑的男孩其實向來誰都愛、因此誰也都不愛。就像任何革命激情難免幻滅，他們也得從愛情美夢走回來。但她們心裡的小小自私，貪婪的佔有欲，難以壓抑的妒忌，對自己的無法控制，難掩邪惡念頭的墮落，人類內心小劇場的演出往往比社會殿堂的盛大儀式更適合當時代的註腳，令我著迷。那個夜晚，我沒看見世代，而是看見了時代。爭論著世代，我們便不再討論時代，彷彿這個時代所有的癥結都只是世代衝突而已，老人不肯退休、青年急於奪權，以為只要一場成功的家變、一次完美的弒父，時代便臻於幸福。殊不知，也許，能夠細緻關懷各式小不幸的世代已是幸福的時代。能夠這樣公開衝突爭論的台灣，說不定已是最好的社會狀態。

李憲宏不見人影一陣子，我等得累了，轉去便利商店買喝的，收銀台之前排了長長的隊伍，冰庫的冷飲幾乎都被拿光了，我大概是便利店裡年紀最老的那個人，其他人包括收銀員都一臉稚嫩，皮肉光滑，腰間一點贅肉都沒有，他們的歡樂情緒讓人誤以為外頭正在舉行一場盛大的搖滾音樂祭。我付了錢，邊喝我的啤酒邊擠往立法院大門對面的那面牆，學那一排年輕人倚牆而立，滑手機。雖然人在現場，仍要從手機去知道周圍正在發生什麼事。我很快尋著了李憲宏。他不是從人群中浮現，而是在臉書頁面。原來他進去了立法院內部。議會殿堂不復見神情流氓的凶煞立委，擠滿了亢奮不安的青春臉孔，正在接頭交耳在討論事情，燈光暈黃，映照在裝潢全廳的木板上，顯現一股寧靜的溫暖色調，李憲宏以此為背景，拿起手機自拍，上傳臉書，「支持學生」。他還打了卡。

那條訊息，就像在臉書池塘裡撒了一把魚餌，不知剛剛藏在哪裡的魚群瞬間蜂擁而來，爭先恐後，弄皺了原本看似平靜無波的池水，他的臉書動態按讚數不斷更新，急速上升，不到半小時已經破萬了，而且持續增加。

天濛濛亮，憲宏的來電將我叫離了那面牆，我走過去立法院門口，與他會合。一夜未睡，跳出來的太陽照亮了他初老的臉龐，眼角下垂，臉頰毛細孔放大，眼袋沉甸甸，但眼瞳卻亮晶晶，精神奕奕，彷彿嗑藥般亢奮。他邊走邊跟我說明他在裡頭都見了誰、做了什麼，就像一個第一次目睹裸女、或剛剛在老師座位塗滿膠水惡作劇的少年，激動地想要跟同伴分享他的興奮，以及炫耀他不尋常的勇氣。當他說得激動時，他抓緊我的手肘，要我停下來，好好聽他說。

分享了一長串，他說他餓了，一時不知去哪裡，我們沿著忠孝東路繼續走，碰上第一間開門的速食店進去了。經過一夜，速食店全是從立法院過來的群眾，人人一臉熬夜倦容，卻跟李憲宏一樣情緒高亢，手腳並用地高談闊論，同時不停滑手機，李憲宏也不例外。塑膠托盤襯著一張花花綠綠的廣告紙，上面鋪著一層冷掉的薯條，李憲宏拿出他的智慧型手機，要我幫他在上頭打字，因為他重度老花眼，而深夜熬夜讓他原本就掛在眼下的眼袋更沉更大了，且令他視線不清。

他念一句，我打一句。那是一篇上一代對下一代的懺情文。他因年輕人的熱情而動容，深深檢討自己的世代優勢，他鄭重宣誓做為完結，「從此，年輕人要我做什麼，我就做什麼。」

我盯著小小的螢幕，敲完內容，沒抬頭，遞手機給他。

「未來屬於這些年輕人。我們都該退了。」

「我們？」

「他們才懂得如何駕馭現今的世界。我們根本沒有那份訓練，也沒有條件。你我唯一能做的事就是退開，不擋他們的路。」

在我的沉默中，他繼續以感性的語氣敘說，幾乎帶點淚腔，「我們的時代已經過去了，阿榮，這是他們的時代。」

我拿了根薯條，沾番茄醬，放進嘴裡。薯條老了，味同嚼蠟。

他拿起手機滑，我坐在他對面。半小時，維持姿勢，什麼話都沒說。終於他心滿意足放下手機，神情宛如大夢初醒，彷彿一時不知今夕是何年。他剛從另一個世界走回來，那裡有青春，有革命，有熱情，有理想。我聽見自動門開敞的叮咚聲，櫃檯店員在喊歡迎光臨。我把剩下的薯條倒掉了。

前個晚上，李憲宏仍是那個世代不正義的特權老人，天亮時，他已是高齡的網紅，搖身成為一位備受敬愛的開明長輩。他又變回年輕時代那個心胸開闊、思想先進的李憲宏。

我在城市另一頭，照常我的生活。學生繼續靜坐，沒有立刻離開立法院，他們搭帳篷，擬定輪班制，搭台子演講，接受民眾送來的食物，發展出一套就地垃圾分類的系統，打算長期抗戰。李憲宏天天去徐州路，與年輕人聊天，上台演講，擁抱他們，在臉書發文。他眼神閃光，腳步輕盈，有次他離開辦公室，我已認不得他的背影，以為公司剛來了個年輕同事。電視節目敲他通告，他要我準備資料，我丟給瓊瓊，她高興得不得了。他取消了北京以及上海的差旅，專心留在台北。他認為歷史正在地震，而他很高興他即時將自己置在震央。

手指一滑，我關掉了我的臉書帳號，虛擬時空中，離開了我的朋友們。我無法應付那陣子的臉書。全部的朋友在上面對立，叫罵冷嘲熱諷，互相取暖，彼此攻擊。每天都有不同的人敲我，自以為他們有權力詢問我，為何不積極站出來支持或反對。但我不懂如何政治表態。而我自始至終的沉默，惹惱了所有人。

我決定緘默，來自我對李憲宏的惱怒。我不想說什麼，因為痛恨他的虛偽。他的政治展演，讓一切正在發生的事情顯得低俗。他諂媚年輕世代的不遺餘力，教我作嘔。頭一次，我覺得他不但老了，而且懼老。

我開始覺得我的生命架構整個不對勁。但，我遲遲毫無作為。我還是消極上班，萬事請示曉雯，她不叫我做，我就不動一根指頭。我默默逐漸疏離李憲宏，然而，我並不需要刻意做什麼，因為他越來越不常在台北，學運結束後，台北氣氛恢復正常，他更常往北京和上海跑，後來也去蘇州和廣州。他在對岸有了一個新助理，芳齡二十四歲，名牌大學畢業，因為他很少帶我去大陸出差，所以我沒見過，聽說一頭長髮光亮，身材高䠷，長相有點像年輕時的曉雯。

不久，李憲宏在大陸公開政治表態的自白書在網路上瘋傳，我一點都不驚訝。千禧年以來，他在北京投資房地產，得到了十倍的利益，舉例那間四環邊上的公寓，二〇〇二年三十五萬人民幣買的，最終以四百五十萬賣掉，他拿那些錢買更多房地產，投資餐廳，賣台灣味，與人合伙高科技公司，專寫各式手機應用程式供人下載，很多人因為他是台灣文化名人的身分，找他投資電影、文化公司，他很謹慎參股。母親走了之後，他大部分時間駐北京，留妻兒在台北，一個月回來兩個週末，台北的公司他根本沒時間進來，就留給曉雯打理。曉雯脾氣越來越糟，對人超沒耐心，很多時候，在聽別人說話時，她無法壓抑自己流露類似輕蔑的神情。但我覺得她只是再也沒有心情處理日常。對其他人來說津津有味的一些生活細節，她統統沒了興趣，而且認為無關緊要。李憲宏的母親逝世，對她來說，根本是經歷第二次喪母的打擊。她的生活突然失去了重心。她在世上只剩下一個哥哥，年紀大她十二歲，很早移民美國，在矽谷高科技企業當財務顧問，荷包賺得飽飽的，五十歲就已退休，兒孫滿堂，與老伴住在舊金山近郊的一棟大房子，後院有綠地大樹和藍色游泳池，幾乎不再回台灣。她沒有自己的孩子，跟李憲宏並無婚約，每週去探望那位老太太，成了她唯一類似家庭關係的聯繫。春天時，老太太在養老院在睡夢中重度中風，在天亮之前撒手人寰，眼睛始終沒有睜開。從此變成孤兒的人不是李憲宏，而是曉雯。她吵著要跟李憲宏去北京發展，叨念他根本不懂生意，堅信沒有了她，他這個人連銀行提款機都不會用，但，李憲宏不讓她去，宣稱北京合夥人照顧他照顧得很好。她說，她厭倦了台北，想要人生新挑戰，李憲宏要她不要那麼自私，堅持她留守台北，顧好大後方。她仍不顧一切，自己飛去了幾趟，幻想在他的北京住處放幾件自己的換洗衣服，以後去北京出差不用帶行李，有一次，她縮短了北京的行程，原本預定週日離開，長途電話叫我幫她改機票變成週五回來台北。從此她再也沒去過北京，也不過問北京辦公室的事。台北公司的業績逐年減少，今夏從新生南路大樓搬到牯嶺街舊樓，從二十人縮編為四人，常找我麻煩的瓊瓊也走了。曉雯的眼角與嘴角下垂，皮膚依舊完美無缺卻失去了生命的光澤，像一張古代流傳下來的羊皮紙，雖然保存狀況良好，上頭繪製的航海圖依然清晰，筆觸完整，紙質卻感覺極為脆弱，彷彿一碰即碎。她也漸漸捨棄了剪裁合宜的高級時裝，改穿輕便的運動服，雖然仍是名牌，畢竟是運動服。她時常獨自坐在個人辦公室一個下午，我們準時下班，她仍沒有離開的跡象。我猜測她很不快樂，但，我也記得她曾經快樂，煥發幸福人兒身上特有的那種旁若無人、幾近囂張、令人羨慕的傲慢容光。

那天下午兩點多，辦公室靜悄悄，人都不知道跑哪裡去了，曉雯啪啦啦衝到我的桌前，氣急敗壞，拿手機給我看。李憲宏的五百零七字政治自白書，她跟其餘人一樣在自己的手機上看見。

「你知不知道這件事？」

我點頭。

「不是你寫的？」

「怎麼可能？」

「他自己不可能寫。」

我沒搭腔。

「他沒叫你幫他寫？」

「我也是中午吃飯滑手機才知道。」

「你中午就知道了，你沒來跟我講？」

我不吭氣。

「你讀了那些網路留言嗎？一則比一則惡毒。」

「網路留言只是用來毒的，不是用來讀的。」

「那些小孩子好可怕，當初他那麼支持學運，他們現在全反過來批鬥他。」

「你要不要打他手機？」

當然她已經打了，也留了許多訊息，「我擔心他出事。」

我只能建議她繼續打電話給他。她反射性按鍵，把手機湊往耳朵，走回她的辦公室。

我到了下午三點已無事可做。五點半，我去敲曉雯的辦公室。她沒坐在辦公桌前，而是躺在長條沙發上，黑框老花眼鏡和手機擺在頭邊，一條手臂抬起來，擱在雙眼上。我喊她林總，我要下班了。她拿開手臂，緩慢坐起來，頭髮凌亂，兩只呆滯的眸子轉過來看著我，或者，我以為她在看著我。她一向苗條的身材突然顯得乾癟，胸部不見了，頭項比例因之不正常，宛如一顆貢丸插在竹籤上。青春永駐的曉雯眉間有了深深一條皺紋。我有那麼一刻的感傷。

「怎麼樣？他接電話了嗎？」我問。

「他叫我不要管。」

「但他人是安全的？」

「我叫他明天就回來。他說沒關係，照常週六上午班機。」

「他沒事就好了。」

「我要到下週一才能見到他。週日他孩子在中山堂上台吹長笛。」她轉過頭來，「我下週一才能見到他。」

「他沒事最重要。」

「你怎麼能那麼冷漠？」

「冷漠？」

「你應該要生氣，對一切生氣。」

「因為我們什麼也不能做。如果生氣有用，我就生氣了。但，生氣並沒有用。」

「台灣政府最窩囊沒用，什麼都不做，只會在家裡搞對立，意識形態掛帥。我們民間可憐死了，夾縫中求生存。台灣年輕人成天上街抗議，不讀書，沒有禮貌。台灣要完了，就毀在他們手上。」

我默默盯著她一輩子都沒做過事的手，白皙圓潤，沒有任何皺紋或傷疤，關節細緻得幾乎看不見，我告訴自己，這個女人心情亂了，她根本不知道自己在說什麼。當我們對話時，世上人口超過一半住在都市而非鄉村，歐洲恐怖襲擊不斷，英國決定脫歐，紐約土豪川普當選美國總統，法國經濟學家皮凱堤的鉅著《二十一世紀資本論》已出版了三年，人們淡忘了希臘國債危機，更記不起來北京天安門事件。她就像大多台灣人，富裕開心的時候，就誇口自己的苦幹實幹，碰上心煩意亂，就把自己的社會亂罵一通，好像台灣有出息了，自己的命也就不會這麼苦了，他們一輩子那麼優秀勤奮，無奈的是這個「台灣」始終對不起他們這些美麗的台灣人。

她揮一揮手，讓我走了。我背起包包，往樓梯間移動，她的聲音在我身後響起。

「你這個人！」

我沒回頭，但能從地上看見她站在自己的辦公室門口，傍晚斜洒進來的陽光，將她的影子拉長，直到我的腳前。我再往前一步，就會踏上她的頭。

「你欠他的。沒有他，你什麼都不是。」

沒有我，他又算什麼。我沒說出口，也沒轉身。我聽見她砰地一聲甩上門。

晚間七點的電影，我已經遲了。我加快腳步趕往電影院。二十年前，我走在同一條大街，也約莫黃昏時分，想趕場電影，當時我刻意減肥，一百七十三公分只有三十八公斤，體重過輕，逃過了兵役，跑去芝加哥唸社會學，回來後體重只回升一點點，依然瘦得像張紙片，對工作或人生或愛情都沒太多想法，我只知道自己迷戀瑞士製造的塑膠表，喜歡捷克製造的人工皮球鞋，收集寺山修司的日文書雖然看不懂，以為自己有一天會當上廣告公司的創意總監。就在力霸百貨門口，我的手機突然響起，他的聲音劈頭就說，「欸，我們怎麼約？」他不自我介紹，也不喊我名字，我就這麼心窩被輕揍了一拳，怦怦跳起來了。我和他不過前天才在一場大堆頭的飯局剛認識，我以為他不會記住我，他撥電話來的方式卻彷彿我們熟識已天長地久，聽他發個音，我就會認出他的聲音。

我擁有一個祕密。這個祕密使我自由。

那個祕密就像一個安全而暗黑的洞穴，與世隔絕，沒有其他人知曉。這個祕密屬於我，也只屬於我。當我覺得軟弱或者不適應，我便放縱自己墜落那個幽微的洞穴，裡頭溫暖而舒適，黑暗保護了我，彷彿未出世的嬰兒藏在子宮裡。

我愛李憲宏。已經好多年。這是我的祕密。我願意跟他去天涯海角。也許，我自以為愛他，潛意識裡崇拜一個父權的角色而不自覺，因此服膺他任何指令，無條件認同他的價值。也許我是真的愛他，願意為他做所有事，就這麼簡單。

他第一次見到我，說了一句：「好俊俏的男孩子。」之後他時常找我。當時九〇年代，手機剛剛流行，傍晚快六點，他臨時找我陪他去參加七點的飯局，還是夜間十一點了，突然叫我出去喝一杯。他打我手機時，他那頭的背景聲浪往往嘈雜轟耳，彷彿他周圍永遠圍繞著許多人，而他卻只想到我，決定打電話給我。我是那麼同情他的寂寞，自願擔當他的人生救生員。我以為如果我不能讓他快樂，只少能減輕他的痛苦。台北很小，我總能在二十分鐘趕到他的身邊。我以自己的忠誠為傲。

沒多久，我慢慢發現，他一點也不孤單，他只是在保護自己，他畢竟在台北是個小名人，單獨出席飯局覺得不自在，怕在聚會上落單丟臉，或其他白癡賓客糾纏自己，需要有人護駕。他總是把他的女人藏得很好，不會隨便攜帶出門，免得造成對方誤認自己是正宮女友，我於是成了他的小跟班。我面容乾淨，舉止斯文，話不多，而且識趣，看起來就像路上常見的台灣男孩子，安安靜靜過著一種沒沒無聞的人生。我像一顆失去熱度的隕石，永遠不可能發光，人們對我過目即忘。我不會是明星，只能像個影子尾隨他。偶爾，他怕我無聊，說話說一半停下來，斜我一眼，「阿榮有什麼想法，阿榮說說看。」他不說你，而說阿榮，彷彿我是第三人稱。我羞赧地微笑，不說什麼。這我很會。靦腆的笑容是我的招牌。我因此閃躲了許多可能不愉快的問題。

我用害羞掩藏自己。我愛我的祕密，因為祕密定義了我，使我自覺我是我，跟其他人不同。我之所以是我，因為我有祕密。

我想李憲宏知道我的祕密，曉雯只是猜測但不能確定。但他們也其實不真正知道我的祕密。他知道我愛他，但他不知道我是以一個女人的身分愛他，而不是男人愛男人的方式。

當我上小學，班上有男女同學，我發現自己其實是女孩時，我選擇了緘默。我並沒有特別叫我體內的那個女人藏好，當我每天清洗我的喉結、陽具和睪丸，我也不覺得自己需要改變什麼。我以我最自然的狀態，像一棵小草，活在天地之間。我決定，不是隱藏，而是不散播。奇特的是，當一件事不遭到公開，就自然變成了祕密。就像不為人知的洞穴，並不代表它不存在，只是從來沒被世人發覺。

我猜，我不覺得有必要「正常」。我也不認為自己邊緣，因為我的身體以及外表，讓我在這個男性主導的社會裡佔有極大優勢，人們喜愛我的斯文氣質，因為我的高教育談吐而信賴我，因為我孩子氣的笑容而對我不設防，他們稱讚我的敏捷才智，我從小是優等生，被當作國家棟梁來栽培。我走在社會期待的道路上，男性不分年齡視我足以結交的兄弟，年輕女性欽慕我，年長女士特別愛護我，我看起來品格端正，循規蹈矩，具原則性也有同情心，是他們可以依靠一輩子的對象。

正常，我出生且成長的台灣多麼要求正常。如果你不正常，周圍的人就會另眼以待，不管是明顯的歧視、全然的漠視或是滿溢的同情，他們就是不能不對你視而不見。他們不能將你視為日常的一部分，就像中央山脈、濁水溪、太平洋，都是大自然的創造，理所當然地接受下來。

我看著我的身體，就像看著大自然的地貌，那些山脈、河流、草原、樹林與縱谷，我完全沒有欲望想要更動一丁點。雖然我以為我是個女人。我先意識到自己是女人，才明瞭自己喜歡男人。我不是同性戀，而是一個異性戀者。我是一個喜歡男人的女人。我的身體並沒有反映出世俗要求的形象，但我不在乎。我也不覺得有必要改變什麼以明確表現出內心真正的自我認知。我不欠任何人。

我的祕密使我堅強。我知道我是誰。而我的孤獨，並不來自於我的性別，卻是我的性格。即便今天我是一個異性戀男子還是同性戀女子，我想，我都會寧願一個人，勝過勉強湊合的伴侶。

我的祕密，那個洞穴，裡頭的岩石比任何我知道的歷史還古老，遠在時間概念被發明出來之前便已經存在了，在人類時間結束之後，地球爆炸毀滅，它可能還會漂流在宇宙中，不會完全消失。我對自己的祕密就是這麼篤定，深信不疑。

而我之所以對自己的祕密感到這麼自在，因為我不需要公開自白。我的性別認同，憲宏的政治傾向，曉雯的戀愛關係，本來是私密的，不關他人，只屬於自己。唯有全面中央集權的極權社會，才會以公眾之名，要求個體從幽暗舒適的洞穴走出來，立正站好，因為在那種生命環境中，政治表態是唯一的美德。

可憐的李憲宏。我在台北街頭慢下腳步。不是因為憐憫他或依然無法放下對他的情感，只是不忍苛求。我不知道我會不會做得更好，我從來沒真正被考驗過。身為台灣人，我們老早學會活在世界的皺褶之中，政治上的詭譎無常始終是我們一輩子要做的功課。

我傻傻站在西門町街口。我記不起市區原來的樣貌。我從來沒喜歡過西門町，那些麵線、楊桃冰、鵝肉攤、南美咖啡好像對我不起作用，但我總是來這一帶電影院，尤其國賓大戲院，再也找不到那麼大的銀幕，階梯形座位，每個人都看得舒舒服服，不會被擋住視線。我到戲院售票窗口買了票，一時不知道該去哪裡吃飯。腦子裡恍恍惚惚，在那些百貨商店中穿梭，宛如困在霧中風景走不出來。進場時間到了，我只能餓著肚子進場。空虛的胃影響了我的注意力。散場出來，我根本不記得自己看了什麼。

我沿著峨嵋街，想起唸大學時經過，常有人來拉我，大學生，要不要，算你便宜，我見過那些老兵在真善美戲院樓下麥當勞漢堡店無助可悲地想要求取年輕女孩的一點青睞，後來我常和朋友去附近的紅樓喝酒。就在這幾條街，一人一種欲望，藉由夜晚的掩護，每個人透過眼神言語，放任自己的祕密自由。

我思索，所謂的「正常」就是時下風氣的政治正確，也就是社會的主旋律，社會對個人的控制力。時代的風或許沒有真正的對錯，但有強弱之別。吹得弱一點，人們便不必那麼極力去迎合，而在生活中保有一點獨立無風帶。吹得強一點，許多人為了不遭折斷，往往朝同一個方向折腰，而超過一定數字的人們一同折腰的同時，便壓斷了那些本來只想自顧自挺腰的人。在極權社會，權力更不容許任何價值的變形、觀念的挑戰，懲罰任何想要逃逸的社會欲望，所有人都要排排站，思想整齊，政治彎腰劃一。李憲宏在臉書向太陽花學運示好，現在微博寫政治自白書，既是諂媚市場，恐怕也是一種政治上的懦弱。

週日，李憲宏來訊，「我想你明白我的苦處。」我看著他發訊的時間，傍晚五點半，八成剛聽完孩子的音樂之後。

但他沒有約我見面，我也沒有主動找他。網路一天，人間十年。我週一沒進公司，寄了郵件提辭呈，那已是幾百年後的事了。

然而，上了網，我天天見到他，見到林莉蓮，見到我只遠遠見過兩三次的蘇淑媚，有時也見到我不算見過面的王世傑，因為有人標註了他的名字。他們始終在我身邊，彷彿是最親愛的友人，每分每秒，我都能掌握他們的動態，知道他們每一個人正在城市的哪個角落活動，曉得他們內心的想法，他們是否反核，他們剛剛看了哪部電影，跟誰在一起，以及當天晚餐的菜色。他們活在網路上，就像書架上那本厚厚的紅樓夢，只要我打開書頁，也就是滑開頁面，他們一堆角色就活在大觀園裡，天天愛恨情仇著。

我知道李憲宏回來後，去了永康街那間他常去的小酒館。他因為老闆娘年輕標緻又會談一點文化而喜歡過去鬼混。還不到四十歲的老闆娘與他自拍，角度採俯視，鏡頭還擠進另外兩張紅通通的臉孔，一群人酒足飯飽，顯然挺快樂。老闆娘上載了臉書，美好的夜晚，還畫了顆心。下面湧進來的留言異常惡毒，罵李憲宏是賣國老賊、雙邊間諜，還敢回來泡台灣女人。老闆娘本來還上網，爭辯幾句，當報社記者開始轉載時，她便刪掉了。

蘇淑媚在捷運列車上野生捕捉了他。她撞見李憲宏在象山線的雙連站等車，隨手拍下他的照片。他面容憔悴，眼袋大如十元硬幣，嘴角下垂，法令紋深如刀痕，一路長到了下顎，可能他近來睡眠不足，也可能不過是初老男性的日常。蘇淑媚沒打算放過他。對她這類革命型的進步青年來說，李憲宏這名食古不化的親中派就是無恥的代名詞，連朝他吐口水都嫌噁心。她在臉書上宣稱，她瞥見李憲宏身影的剎那，氣到渾身發抖，她還未意識過來時，已聽見自己當眾喊出他的名字，「李憲宏！不要臉！」當時列車剛好進站，李憲宏一副沒聽見的模樣，匆匆上了車，但她確信他聽見了，她喊得那般價天響，其他不相干的路人甲路人乙皆已紛紛轉頭，她不信他完全聽不見。下面照例湧進一堆留言，讚揚蘇淑媚的勇氣，替大家出盡胸中惡氣，還有人表示，要是讓他碰見李憲宏，他可能不只口頭問候而已。有一個孤零零的留言同情李憲宏畢竟是六十歲老人，蘇淑媚不妨表現一點敬老的氣度，馬上引來圍剿。

叫他去死一死。慢走不送。捧著手機，讀那些留在網路上的句子時，我剛剛起床，光屁股坐在馬桶上，滑著螢幕，浴室氣窗開著，溜進透早的晨光，公寓後頭的河濱公園襲來涼風陣陣，偶爾有公車駛過的街聲，我卻宛如身置於一間鬧哄哄的大眾飯堂，桌子之間排列得很緊，只容一名服務生來回端菜的通路，大家摩肩擠臂並坐，桌下膝頭碰撞，人聲沸騰，每個人都醉醺醺，口齒不清，聲量開到最大，連跟旁邊的人勸個菜都要吼得臉紅脖子粗，乍看之下，好像所有人在吵架，拿杯子敲桌面，嘴巴快速地開合，眼珠子幾乎快要脫窗，還充滿血絲，激動揮舞著手勢，然而，他們的神情是愉悅的，生氣勃勃的，就在喝著、吃著、鬧著、吵著之間，他們活得有滋有味，精神煥發，活力十足。

我也像是站在一七九三年一月的「革命廣場」上，本來取名「路易十五廣場」的八角形廣場，位於香榭大道末端、銜接杜樂麗宮，即將目睹路易十五的孫子路易十六步上斷頭台，萬頭鑽動，人群推來擠去，雖然正值隆冬，許多人額頭冒汗，一半因為周遭人群身上所散發的體熱，一半因為情緒亢奮。因為封建制度瓦解而剛剛降臨到每個平民身上的民主，宛如一頭初生之犢，既飽含希望，潛藏了未知的力量，卻也依然包涵了尚未受馴服的原始暴力，可以用來打碎吃人的枷鎖，一不小心，也能毀損細緻的珍貴文明；革命廣場上的平民能量就像火，既能帶來光明、溫暖，同時也有可能燒毀一切，讓世界只剩餘燼。

我身處那個大革命之後改名為「協和廣場」的「革命廣場」，感受那股長期累積的憤恨不滿，轉化成一股任何人都不能控制、什麼都無法阻擋的激情，即將像那兩顆美軍拋落廣島、長崎的原子彈，在廣場中心爆炸開來。當年路易十五廣場落成，舉行盛大典禮時，群眾熱情歡迎當年的法國國王路易十五，齊聲祝賀他萬歲，而到了一七九三年這個冬天早晨，群眾以相同的熱情詛咒他的孫子路易十六，歡聲雷動送他上斷頭台。

臉書雖然是二十一世紀才被發明出來的東西，然而，群眾卻是古老的人類。「群眾」本是面目模糊的一群人，卻常常被講述成一個人，群眾是他的名字，他有自己的獨立意志以及特異功能，可以在關鍵時刻改變歷史。

臉書上，這個新科技時代的廣場，由四方漫流進來、逐漸聚集成海的群眾指出李憲宏的懦弱，控訴他是投機分子，一會兒他罵現在年輕人不上進，沒有國際觀，不似他們那一代人那麼出類拔萃，創造了台灣社會各方各面無論是藝術文化還是經濟科技的黃金年代，一會兒他跑到運動場子上，跟上街的年輕人站在一起，表達無論年輕人訴求什麼，他都會無條件支持。過了海峽，到了沒有臉書的中國，他又在微博上表態，自己向來是獨立的文化人，從不碰政治，他路過一些抗議場合，只是為了朋友兩肋插刀，並不是為了要宣揚任何政治主張。我專注耙梳那一條一條的文字，彷彿那是一本人類集體創作的曠世鉅著，揭發人性的醜惡，用李憲宏這個台灣人的悲劇闡述當下時代的荒謬困境。

有個與李憲宏同代的台灣名人，二十幾歲出國，住歐洲二十年之後，結束兩段婚姻，回到台北，近幾年往大陸發展，想拍電影。她的自我介紹，「出生時代不詳，台灣學中文，法國修戲劇，紐約搞電影，德國學音樂，最喜歡的城市是北京。」她與台灣之間，而今只剩下一個老外在台北市和平東路的師大學了幾年中文的關係。印象中，她和李憲宏年輕時曾經有過一段，後來不歡而散。如今她在臉書長文描寫李憲宏如何是個爛男人，從年輕時代就不學無術，專門騙女孩子感情，通篇文筆不通，不知所云，沒有任何實證，卻迅速得到幾千個讚與轉，媒體採訪她，她激烈批評李憲宏人格，最後微笑提到她在北京和中國導演合作的新片，拍了柔焦粉彩的時尚照片，六十歲的女人一點皺紋都沒有，而且性感嫵媚。她得到了她應得的十五分鐘。

廣場，群眾，以及刀刃反射著陽光的斷頭台。

瑪麗皇后被推上斷頭台之前，已經遭受了無數潑糞刊物長年的詆毀與攻訐，外國間諜、敗壞法國善良風俗、虛榮浪費、不顧民間疾苦、玩弄權術、操縱國王、沉溺肉體歡樂，大部分民眾皆已接受了她是個淫亂妖后的整套論述，因此絲毫不遲疑砍掉她的頭，堅信她活該。法國大革命之前的小冊子既是新聞自由的濫觴，又是假新聞的始祖。當年瑪麗皇后必須上斷頭台的罪證不是別的，就是那些流竄民間的各式小冊子，人們相信所有公開發表的言論必定是真的。神話並不是歷史，羅蘭巴特說，也不能揭露事物的真相。但人們總是喜歡被神話說服。

網路對李憲宏的四方圍剿，虛構了許多誇張不實的故事，任何有腦子的人都會知道不是真的，但很多人仍願意相信，令我莫名焦慮。網路擴散了資訊，其中真假難辨，皆大量流在外頭，然而，網路無法掌握人們讀到這些資訊之後的反應以及依此所採取的行動。人們被資訊激怒，憤世嫉俗，渴望報復，召喚人們從家裡出來從事群眾運動的美好召喚，也可以變成公開凌遲惡棍的恐怖鼓譟。我開始睡不成眠，就算好不容易入睡，夢中卻時常出現一座高聳的斷頭台，在藍空下，閃耀著燦爛陽光，似乎向我招手，要我走上去，將自己的頸項獻給群眾。

我決定不再上班時，寫了一封電郵謝謝曉雯姊的照顧。她派人送了一籃水果給我，好像我是生病請長假在家，要我好好休養。我猜，她認為我無情無義，在李憲宏出事之後立刻與他們劃清界線。

因為李憲宏的事，我反而對大陸發生了興趣，我只去過一次北京，當時為了陪李憲宏出差，而且已是十年前。朋友建議我去上海，順道找工作。我寫信告訴西西，西西不置可否。她說，「現在台灣人沒什麼優勢了。但，你還是來吧。」

千禧年開始，西西便紮營在大陸，當時許多外國企業看好中國市場的潛力，啟用了大批台灣白領當中層管理人員，台灣人講普通話，吃苦耐勞，而且只要能在跨國企業上班便莫名生出一股優越感，自以為比別人高一寸，容易滿足。從小被標籤「亞細亞孤兒」，走到哪裡都遭誤認為泰國人，西西這些台灣人在上海、北京等中國大城市，終於與國際接軌。西西代表中國，去參加公司的全球會議，喜孜孜在臉書打卡，談論自己的法國同事、美國同事、英國同事，卻很少提及自己的中國同事，回台灣時在臉書尤其活躍，好像出國旅遊一樣拚命打卡。

我上飛機前裝了微信，聯繫西西。她很忙，來回微信好幾趟，才勉強約了個時間午餐，臨時當天早晨她微信我取消，又改成了隔天下午四點半，她要我去她位居長樂路的外商廣告公司，樓下大堂有間美國咖啡連鎖店。

她遲至四點五十分下來。手上緊抓著螢幕很大的蘋果手機，耳綴叮叮噹噹的金色耳環，絲質上衣從一塊叢林花鳥圖案布料剪裁而成，白色七分褲，威尼斯手工皮質運動鞋，一雙市價大概四百歐元，她朝我微笑，展開雙臂，大大擁抱了我。

我們很快交換了幾句問候。她再好不過了，只是工作實在太忙，每天開不完的會議，加班到半夜不稀奇，回到家之後仍不停打手機，四處拖行李出差，一個月只有一個禮拜在上海。她剛剛從倫敦總部回來，明天得去西安。我默默聽著，彷彿回到高中時代，在課堂發呆，渾渾噩噩過了一天，筆記本潦草塗了幾行字，連自己都看不懂寫了什麼，好不容易熬到傍晚，背書包放學，半路碰到班上資優生，聽她興奮敘述她當日的所見所聞，色彩豐富，精神充實，簡直匪夷所思，明明坐在同一間教室，卻完全是兩個迥然不同的宇宙。

她停下，聲調轉沉，問起台灣。我回答剛起個頭，她強硬打斷我，舉例一連串時事新聞，數落台灣的不是。她臉色不佳，眼神變暗，剛剛的神采飛揚瞬間消失，畢竟才從倫敦回來吧，疲憊，仍要調時差。她說得斬釘截鐵，有些有道理，有些不知所云，沒完沒了。我任她罵，畢竟罵台灣已是台灣的全民運動，我習慣了。我也彷彿置身於常見的好萊塢電影情境，一個不甘小鎮生活的小伙子開車去了洛杉磯，找童年玩伴。當年她一有機會便迫不及待離鄉背井，闖蕩天下，而今已在好萊塢過起光鮮亮麗的名流生活，當她開門，看著那名從家鄉千里迢迢來到她門口的鄉下人，嘴裡大喊大叫著驚喜，眼神卻充滿憐憫又飽含鄙夷，既渴望從你這裡獲得家鄉的一點資訊，但又分明瞧不起關於那個自己拋在腦後的舊世界，包括眼前的這個從她兒時生活廢墟爬出來的幽靈。

究竟有多麼深的愛，才有這麼烈的恨；或說，多麼高的期待，才有這麼多的失望。我突然發覺自己一直以來只是住在台灣，卻沒怎麼思考台灣是怎麼一回事。我好像沒那麼強烈的愛恨，也沒有太高的期待。對我來說，台灣就是那回事，究竟要怎麼分析台灣這回事呢，就像要我分析自己，我就會臉紅，支支吾吾說不出個所以然。當別人說起台灣，我自然而然就會以為他們在說我，彷彿我就是台灣，我就是那塊島。所以，西西的話聽著聽著便刺耳極了，一字一句都敲在我耳鼓，引發大量的不適。

她畢竟是聰穎的女人，很快察覺了我的不自在。接下來，我們只是各自在思索怎麼道別。

「你晚上有安排了吧？」她問。

「妳呢？」

「我肯定要加班。抱歉不能陪你去吃飯。」

我說沒關係。

她繼續解釋：「明天出差西安，後天回來，停留一天，馬上又要去首爾，週末回來，下週再去新加坡。辦公室有些事需要處理。」

「網路無遠弗屆，視訊、電郵、微信什麼的，筆電、手機，還需要辦公室？」我玩笑。

「不一樣，辦公室還是辦公室。」

「妳是說人仍需要一個定點？」

「我總要個地方儲放東西。」

「雲端不夠嗎？」

她大笑，「現在是怎樣？人都不用吃東西了嗎？」

「我只是好奇，你現在稱哪裡是家。」

「四處為家啊。對我來說，家不過是個睡覺的地方。」她不無炫耀的哀嘆。

「假設有種魔法，只需彈指，維持妳這個人日常起居工作的全部行當就會摺成一張薄薄的紙，妳到了當地，把紙一打開，那些物品馬上立體彈跳出來。那妳還需要回來上海這棟樓嗎？」

她笑聲愉悅，「那就不用了。」

她問我想什麼，我答，「我想到以前丹麥作家伊薩克．狄尼森描述她搬到非洲的情形。當時沒有飛機，只能航海，她遠渡重洋，從下雪的城市坐了好久的船，抵達炙熱叢林地，帶了丹麥文的書籍和適合四季穿著的衣物，花布沙發，雕花桌腳的茶几，全套精巧瓷器，手繪杯盤，還有一座考究的咕咕鐘，因此那些非洲小孩每回整點準時群聚，等待一隻小鳥從小木門彈跳出來，咕咕，咕咕，咕咕，黑膚小童們驚奇尖叫，一哄而散。我常常想像那個滿室歐洲家具的非洲客廳，其中必定代表了什麼含意。她搬家，名副其實的搬『家』。對她來說，世界的中心或許是那座咕咕鐘也說不定。」

「我沒那麼複雜。無論在哪裡，只要給我張床，我都能睡。」

「但妳的東西都在上海。」

「我的東西都在這裡。」

「上海算是妳的家。某種形式的家。」

「算是吧。」

「妳無論去到哪裡，最終登機口仍是回到上海。」

她綻放微笑，用上海話說，「吾是上海人。」

「妳是上海人。」

我們不談台灣了。聊了幾件她的日常事，上海生活起來很舒服，喜歡梧桐林蔭夾道的法租界，在老樓改裝的瑜伽中心學熱瑜伽，常約朋友週末去國際五星級飯店吃香檳早午餐，香檳無限暢飲，愛逛小店，總要討價還價，笑罵了幾句上海人，重複「上海人精明不聰明」、「上海小男人」這類無意義的陳談，也揀了幾件快樂回憶，中國大陸的市場魅力讓全球注目，她成了空中飛人，帶著她這張代表中國的臉孔到處飛。我一度擔憂她又要對比台灣如何不國際化，還好她只是笑吟吟地提議，帶我去吃晚飯。

「我以為妳需要加班？」

「我們多久沒見面了？難得你來上海，我盡盡地主之誼，也是本分。」

我欣然答應。她問我想吃什麼，隨口說了幾個地方，聽起來都很棒。此時，我看見一個身材削瘦的短髮女子出了電梯，正往外走，因為低頭滑手機，像頭不分方向的殭屍，撞上了幾個人。

「怎麼啦？」西西順著我眼神看過去。

「我以為我看見了一個認識的人。」

「那個女孩？」她手指。

我點點頭，「但不可能是我朋友。她應該在倫敦。」

「林莉蓮？」

「妳認識她？」

換西西點頭，「她在數字營銷部門。」

「數字營銷？」

「Digital Marketing，我們公司投資了十年，虧損累累，一直做不起來，現在卻這個部門最火。他們部門光在我們上海分部就三十人，北京、廣州加起來一百多人。」

「妳們熟嗎？」

「不熟。我們不同部門，平時沒有互動。但她也是台灣人，圈子小，拉來拉去，吃了兩三次飯。人還不錯。她是你朋友？」

若老實說她曾是我老闆的年輕情婦，恐怕需要一番解釋，我只想去吃飯，見識夜上海，所以我說：「朋友的朋友。但我們是臉友，因此我有個印象她在倫敦，老見她在倫敦打卡，餐廳、美術館、跳蚤市場、書店，一些公園。」

「就是去總部受訓、出差囉。」

我沉思一會兒，「但，她臉書動態給我的感覺，那是一套純粹的英倫生活，沒有雜質，沒有疑慮，沒有質疑，她好像一棵樹扎根在那座城市。」

「她來上海也一年了吧。」

「而我以為她始終生活在他方。」

西西說去巨鹿路。我在咖啡店等她上樓拿私人物品。下班時間，電梯不斷上上下下，電梯門一開，人潮立刻嘩地倒出來，空的電梯再被叫上去，下來時又是一缸子人。有些一眼就知道是當地白領，大多年紀很輕，神情自信，青春的手腳套在時尚衣物中，身上該有的高科技產品都該有。中間夾雜了幾個中年，注重保養，身形仍不是那麼青春緊致，步伐穩重，態度倨傲，衣著質料不錯，剪裁時尚，戴著顏色鮮麗的造型眼鏡，一頭見識多廣、不肯服老的酷銀髮，講一口香港口音、台灣腔，以及英文、德語等等。

西西的台灣腔在我耳朵響起，「走吧。」

我們沿著她所形容的樹蔭林道散步去餐廳。天空暗藍，呈透明感，霓虹燈光代替星星紛紛亮起，閃爍而繽紛，街景如同一幅美麗的法國印象派畫作。老樓填塞了新餐廳，美髮院、銀行、甜點店、水果商店、酒鋪、畫廊一路過去，人行道上不時有人騎腳踏車，著實擾人，卻不妨礙我享受夜晚的涼風。路經一間時裝小店，老闆娘正好出來，與人聊天，模樣年輕，腳長手長，有著典型江南姑娘的好皮膚。西西停下來跟她打招呼。原來西西是她家熟客，有新貨到，老闆娘要西西進去瞧瞧。西西介紹我是她姐妹淘，無話不談。老闆娘看了我一眼，熱心地提了一句，「你們台灣現在同性戀可以結婚了。」

西西拍我的肩膀，「對，我們台灣同志現在可以結婚了。」

個性體貼，細皮嫩肉，容貌細緻，過了中年仍保養不錯，喜愛歌劇，勤上健身房，我明白我也符合某種刻板印象。異性戀女人口頭上會表達希望她的男伴是我，然而，若我真是異性戀，她不會要我，而會嫌棄我不夠富有以及性格懶散。

兩個女人起鬨，問我要不要結婚。西西一直推我肩膀，「你到底有沒有男朋友？欸，他跟我二十幾歲時一起打勾勾，發誓六十歲時我們都還單身的話，我們就一起終老。」後面那個部分她說給老闆娘聽。

我不記得我跟她約定了什麼。我沒有馬上回答西西的問題。我們剛出社會時有一群朋友時常玩在一塊，她是其中一個。自從她來上海工作，我已經十年左右沒見過她。遲疑的原因是因為我竟然感覺遭到冒犯。我覺得她沒有權利詢問我這麼私密的問題。我甚至有點憤怒她自行在這個我根本不認識的上海老闆娘面前談論我的事。我並不打算在陌生人面前交代我的性史。我不明白這種全世界自來熟的社交模式，難道我們不能只是談論天氣，而要一下子跳到暴露自我的模式，才能維持基本人類交際。我沒打算發地球文。

一直到我們離開那間小店，我都保持緘默地微笑，還好沒影響西西的心情。她試試了幾件新裝，買了一條皮帶。她舉起她腳上那雙我以為是威尼斯手工縫製的皮質運動鞋，笑咪咪地說，就在這家店買的，一雙人民幣四百塊。老闆娘翻白眼，埋怨西西超會殺價，讓她賺不到利潤，顧客西西把她的哀嚎當作一種讚美接受了。

「他們說，義大利製造，其實都在中國內地。」老闆娘說。

「也沒那麼誇張吧。」西西說。

「你不能信那些標籤。標籤是後來貼上去的。」

「我這雙是假貨，我知道，真貨還是義大利做的。」西西舉起腳上那雙髒兮兮的破鞋，邀我欣賞，說新鞋就長這樣，一買來就一副快散掉的樣子，貧窮成了一種時尚美學，供有錢人意淫。

「什麼，義大利全是我們溫州人，有一個村子，所有名牌都在那裡做，全是中國人，我沒騙你，整條街全掛中文招牌，做中國人生意，匯款店、麵店、南北雜貨，五花八門，跟上海差不多。」老闆娘說。

我們重新回到街上。我已經不跟西西生氣了，她臉上閃爍著她二十幾歲時我熟悉的神采，勾動我內心的記憶而使我柔軟，但我失去了旅客的興致。我開始陷入迷惑，深深懷疑我自己所認知的世界。我以為林莉蓮住在倫敦，就像西西以為我是同性戀，而所有的「以為」，都像西西腳上那雙腳踝部位鑲金邊的白色運動鞋，假裝來自一名威尼斯老匠人之手，其實在中國內地由一名瞌睡過勞的年輕女工在機器上操作出來的，同時，有錢人花四百美元，買一雙看起來污穢不堪的髒鞋，將貧窮當作一種時尚穿上身，在倫敦漫步。我們活在自我選擇之後拼裝出來的現實裡。

我曾經那麼相信，名不副實是一種必要的跨界，讓世界更有趣，予人性更多空間。我愛假貨，憎恨正統的矯揉作態。網路開始時，我熱愛它的匿名性，它允許老人變年輕人，男人變女人或不男不女，非洲人變亞洲人，紐約客假裝自己住在北京，倘若世上真有一頭牛舉起牠的蹄子，吃力在鍵盤上打字，那幅景象對我來說，代表了全然的自由。無拘無束，你能當你想當的那個人或動物或無論什麼個東西。但，現在，我不知道我還相信不相信。我什麼都不知道了。

西西帶我去這棟上海老樓改裝的地中海菜館，端上來的菜肴都美輪美奐，滋味醉人。西西點了一瓶西班牙紅酒，親暱地回憶當年我和她的一趟淡水小旅行。而我的腦子裡只不斷滑過一句：「拼裝過後的現實」。我橫過菜盤端詳西西的臉龐，轉眼她在中國生活也十幾年了，從三十幾歲到現在五十歲，她臉上雖然沒有皺紋，但不再也不該是當初在淡水海邊跟我喝魚丸湯配啤酒的那個人，即便我仍感受得到一份明確的身體記憶，我曾信任這個人，在她身邊感到放鬆，以至於坐在碼頭、眺望大海時，稍微吐露了我喜歡男人的事情。感覺這種東西，摸不著、看不到。但，當世間所有摸得到、看得到的明確事物都變得不是那麼明確時，感覺似乎是人類唯一倚賴的憑藉，而且在個人控制範圍內，宛如一個真正的器官，就藏在腹腔之內。剎那間，我似乎明白了網路世界的後真相時代是怎麼回事了。當事實已經變成了一份主觀的感覺，真相變得模稜兩可，我們對世界的感知以及隨之累積發生的詮釋已經重新回到獸的本能。假新聞漫天飛，因為人們選擇相信。或許我們始終只相信我們願意相信的。

我在上海待了幾個禮拜，沒找到任何工作。或許，潛意識裡，我也不想找到工作。找到了，就得住下來了。在上海，社交生活忙碌，每晚都有飯局。比想像中更多的朋友均已定居在那裡，生活方式沒變，一樣吃吃喝喝，談論台灣的事，混台灣人的圈子，他們溫暖招待我，但我能察覺我們已經屬於兩個世界。他們習慣了家裡有鄉下阿姨的幫手，只討論房地產、辦公室人事、海外旅遊，孩子和歐美電影，溜開了當局不愛的敏感話題，如果要談政治就只談台灣政治，中國大陸讓他們覺得脫離了小島的邊緣性格，進入了大國的格局，但，他們卻像紐約的華人，進不了社會權力的核心，稍微跟權力有點關係，便沾沾自喜，到處說嘴，炫耀他們認識誰誰誰。猶如典型的移民，他們對他們所在的社會不真正擁有影響力，只能謹言慎行，察言觀色，與當地社會保持距離，生活主要的目的就是賺錢，有錢就把孩子送去更好更安全的社會。他們的現實不屬於中國大陸，也不屬於台灣，他們的社會只是他們的家庭和他們信任的一小撮朋友，日常生活必須互動的其他陌生人只是為了生存不得不微笑互動的對象，屬於環境的一部分，就跟氣候一樣，你沒法改變，只能想辦法適應。我不確定自己是否能過上這種只要賺錢就可以的生活，在廣大的社會中，跟一大群我不敢在乎、也許到最後也變得不在意的人生活。我果真是一條慢吞吞的蝸牛，只能雨後在自家籬笆附近活動。一點小雨滴就夠滋潤我全部的世界，但我需要一個完整的世界。

於是我又回到我那西西口中沒出息的台北。路上碰到瓊瓊。她還是像名模一樣漂亮，一雙腿依然那麼標緻，個性依舊膚淺，我猜她一如往常一本書都不讀。我幾乎感激涕零，默默欣賞她的萬年不變。我們另約了時間喝咖啡，她告訴我曉雯跳樓的事。我無法掩飾我的驚訝。

「你不知道？」她的眼睛真的很美，尤其瞪大了之後，瞳孔閃耀鑽石經優良切割後的誘人光彩。

我搖搖頭。

「全程臉書直播。」

我不懂。

瓊瓊解釋，關於教育沒跟上時代的笨蛋這件事，她向來頗有耐心，因為她相信資訊的分享，不認為高科技應該歧視：「就是有人拿手機直播整個過程。」

「直播她跳樓？」

「差不多意思。」

「目睹她跳樓，為什麼不放下手機去救她？」

「你這個問題，就好像問一名記者，目睹一場戰爭，有孩子遭流彈誤傷，渾身是血，究竟是拍下畫面，將訊息傳遞給全世界，讓所有人知道，還是放下相機，先去幫這名小孩，但你就失去了珍貴的機會，告訴全世界這裡發生什麼事。」

「她為何跳樓？」我急切地問。

「憲哥在大陸發自白書，遭網友攻擊，她本來不上臉書的一個人，突然決定申請帳號，上去戰每個人。她在憲哥的臉書底下留言，反擊幾個網友，不到半小時，就遭肉搜出她的真實身分。鯊魚們聞到血腥味，馬上成批成批從憲哥的臉書轉到她的臉書，一下子，她那裡就成了主戰場。憲哥被網路霸凌慣了，一聲不吭，由網路自己去。曉雯姊根本不行，她一起床看見自己的臉書被留言灌爆了，完全不知所措。她誠懇寫了一篇五千字長文，上午八點po文，正好大家上班時間，不到九點多就上了即時新聞，傳統媒體開始滾新聞。她下午兩點多又po，以為所有人會因此平靜下來，沒料到眼看波瀾逐漸平息的魚池，因為她一撒飼料，本來四處游開的魚兒全部重新聚攏過來，凶殘爭食，魚尾擺動，興風作浪，一池子都要炸開了。傍晚五點，她再po一條短文，只有一句話：求求你們放過我。哪，網路求情就像在獵巫大會上最後一刻下跪求饒，一點用都沒有。第一，這些人就是認定你是女巫，才會從人群揪你出來，決定公開懲罰你，你無論如何堅稱無辜，在他們眼中，就像每個殺人犯都會說人不是他殺的一樣，不能證明任何清白，反而加深了他們對你的輕蔑，覺得你不但邪惡，還特別懦弱，絕對不值得活在世上，第二，火堆已熊熊燃燒，燒得每位圍觀者熱血沸騰，箭在弦上，非發不可，這時候，就算有人因為你臉上真誠的淚珠而生出憐憫之心，他未必有那份勇氣站出來，在一群激憤到幾乎不講理智的瘋狂群眾面前，替你求情，說不定，他們只會覺得他是同謀，順手連他一道推入火堆，與你一起燒死。曉雯姊不懂，她在火堆前下跪，只是提油救火，群眾更瘋了，留言變本加厲，妳要別人放過妳，妳這個小三何時放過別人的家庭，妳和妳的姦夫何時放過台灣，吃乾抹盡，繼續前進大陸賺人民幣。有些留言叫她想死就快點死，別假惺惺。當晚十點多，她又po了一則，宣稱她遭網路霸凌已到了極致，她試圖面對，她努力解釋，但話語只是不斷被人扭曲，這麼醜惡的世界，她一點都不留戀。他人即地獄，她引用了法國哲學家沙特的話，真正的煉獄不在地下十八層，而是在網路，所有想像中最可怕的惡魔厲鬼統統在那裡，等著要剝你的皮、拔你的舌、喝你的血、吃你的肉。虛擬的真相侵入真實，扭曲了現實，虛構與非虛構已經夾纏不清。她唯一對不起的是她死去的父母，她沒能實踐她在他們臨終前的承諾，就是她會好好活下去。但，她也馬上要見到他們了，她會當面向他們解釋，這個世界已不是當初他們留戀的美好世界，人生至此不值得活。下面開始有人留言，不要想不開啊。然後就有人說，她關機了，不接電話，怎麼辦。大家互相問，誰知道她家地址，趕緊報警。」

「公開問她地址？」

「都寫出來了。有個自稱她朋友的人，留言宣稱報警了，呼籲誰要在她家附近，就近去關心。我那晚正好跟朋友在那一帶吃飯，我們邊吃邊關注動態，邊討論這件事，大家都覺得好神奇噢，曉雯姊要跳樓，憲哥不能去大陸了，莉莉怎麼辦……」

「莉蓮？」

「他們還在一起。從來沒分手過。憲哥幫她在上海找了份工作，美商廣告公司，主管是台灣人，憲哥的朋友。憲哥每回飛北京，都會順道去上海找莉莉，要不就她飛過去北京陪他，曉雯姊都知道，所以她很絕望。你不用臉書、不用line、不用任何社群軟體，真的很麻煩，什麼都不知道。」瓊瓊翻了翻眼珠，不是對莉蓮和憲宏有意見，而是對我這個化外之人感到很無奈。對她來說，不用社群軟體是遠離文明的決定，形同自我放逐。

「然後呢？」我靜靜地問。

「然後什麼？」

「……跳了嗎？」

她噢了一聲，「對，晚飯快吃完時，即時新聞就出來了，李憲宏情婦跳樓。我們大家結論，就在附近，不妨過去看一下。哇，不到她家巷口，遠遠就看見一堆燈光閃爍，救火車、警車、救護車、電視台採訪車，樓底下黑壓壓一群人，全是來看熱鬧的，包括我們也是。好像社區居民集體出來等垃圾車，一邊納涼，一邊聊天，交換一點剛剛聽來的八卦，哎，說句不好聽的，有點其樂融融的感覺。但我很緊張，一直在躲記者，我怕他們認出我曾是憲哥和曉雯姊的員工，結果有家無線電視記者還是眼尖抓住我，我的媽呀，巷子那麼黑，她都能看見我，我跟她說，妳也太厲害了，這周圍一點燈光都沒有，她說妳個子那麼高，身材那麼好，人群中不注意妳都不行。」說到這裡，她咯咯笑了起來，我也跟著微笑，說句錦上添花的讚美，惹得她的臉微微紅了。

記者要採訪她，她趕緊拒絕，但，那名記者是她朋友的女友，不斷央求她。大家都討厭現在台灣社會的電視記者，批評他們素質低，不專業，口齒不清，句子顛三倒四，簡直腦殘，還盛氣凌人，但瓊瓊說這些低層的年輕記者其實很辛苦，發生什麼事情都要立刻趕到現場，淹水、槍戰、颱風、立法院打架、各種社會抗議，他們都得在場，長年體力透支，日夜顛倒，工作量超載，瓊瓊同情她的年輕記者朋友，所以她勉為其難接受了採訪。她面對鏡頭說，我來到現場，因為關心曉雯姊，記者問她，想跟曉雯姊說什麼，她答，我只想說，曉雯姊，我們愛妳，大家都愛妳。不知道為了什麼，說完這句話，她就哭了。鏡頭鎮靜捕捉了她的眼淚。不到一分鐘，她的臉書湧進無數留言，都是她不認識的人，那些陌生人說，瓊瓊，我們也愛妳。

「最後人怎麼勸下來的？」

瓊瓊望著我，一臉困惑：「沒有啊，她跳了。你真的什麼都不知道。貼完臉書，她馬上就跳了。警方趕到她家時，按門鈴沒人應，只好破門而入，沒人在裡頭，他們上了頂樓，空蕩蕩，只找到她的手機和兩串鑰匙。我覺得很有趣，人都要死了，知道這趟出門是最後一次離家，從此就不會回來了，但她還是鎖了門，而且帶上汽車鑰匙。往下跳之前，把鑰匙和手機仔細放好，好像她不是跳樓，只是跳水，如同夏日沙灘上那一小堆一小堆個人物品，主人只是往大海游一圈就會上岸，回頭還要用到手機和鑰匙。他們四下找不到她，於是由頂樓探身往下望，才見到她人躺在黑森森的後巷。因為下去的時候衝力太大，撞上二樓的水泥陽台和一樓的鐵皮屋頂，磕破了頭，折了頸子，兩條腿全歪了。而且，她身上穿的是睡衣，不是一般普通的T恤棉褲，而是上好絲質滾蕾絲邊的那種性感內衣，翠綠色，據說全浸溼了紅色的血，還沾了點白色腦漿。」

我看著她。瓊瓊察覺了我的情緒，她低下眼簾，收起高亢的情緒，喝口馬鞭草茶，過了一會兒，帶點道歉的意味：「我以為你曉得。媒體全寫了。」

「我不曉得。」

「一整個禮拜都是這條新聞，無敵小三、大陸市場、世代衝突、網路霸凌，煽情得要命，媒體當然不會放過，各路網紅也以各個角度評論，發表感想，大家找了一陣兇手，直到這條新聞宛如六月梅雨沒完沒了，下得整座城市都發霉了，全部人悶壞了，某天起床，雨就停了，也不知道為什麼。」

我掙扎了一下，微弱地問，「憲哥？」

「後事是他辦的。但他沒有出面。媒體像一群獵犬在追逐他，我不曉得他怎麼辦到的。」

「他現在哪裡？」

「我不知道，估計在台北。大陸他目前不方便去。你想找他嗎？」

我搖頭。

又一陣尷尬的沉默，瓊瓊說，「你八成覺得我很壞。」

「為何我會這麼想？」

「曉雯姊跳樓死了，我還有說有笑，一副事不關己的樣子。但，她從來不喜歡我，我一直很害怕她，我們年輕一代背後都喊她雯太后。你記得那次，她在辦公室拍桌子大吼大叫，罵我罵到她自己一條白皙脖子浮出青筋，額頭冒汗，只因為我沒跟她說憲哥五分鐘前已經離開了辦公室。這麼小一點事。他們那一代人全是老公主、老王子，我們這些人對他們來說只是僕人奴才，活該被他們使喚、凌虐。她對我那麼壞，她死了，若我說我很傷心，豈不是太虛假了。她活著的時候，讓我很不快樂，我不是詛咒她該死，我只是老實跟你說，我認為她是個爛人，事實上，我很高興她死了。」

我無話可應。

瓊瓊於是又說下去：「要不是為了你，我不會待在那間公司。」

「我知道你崇拜憲哥。」

「我是為了你。」她又重複了一次，聲音中有股堅持，堅持我聽進去。

「我很抱歉，我並不知道。」我不知如何回應，「我一直以為你很討厭我。」

「那是為了引你注意。」

「對不起。」我不自覺又道歉了一次。據說全世界台灣人最愛說對不起。

「你記得我們第一次見面嗎？」

「三年前，你進公司的第一天。」

「不是，是九年前，我還在讀大學，你陪憲哥來我們學校演講。你從頭到尾都不說話，只是安靜站在旁邊。但你的心好細，你注意到每個人，不僅照顧憲哥，也呵護所有的同學。有位女同學因為天氣太熱，教室空氣不流通，偏偏冷氣又壞了，聽到一半人就不舒服，你遞水給她，請她換到靠窗邊的位子。你扶她起來，你的手指又長又白，有著方方的指甲，輕輕搭在她的肩頭，我都快嫉妒死了。我還記得你站在那一扇夏日的窗子前，樹影綽綽，綠意盎然，你像一陣剛剛吹進來的清風，讓人只想直撲過去。我沒見過你這樣的男孩，我覺得你好看極了，氣質特別突出。好像某種新品種水蜜桃，形狀仍是水蜜桃，色澤卻與眾不同，令人垂涎。我留學回來，一次畫廊開幕碰到憲哥，他知道我剛回來在找工作，隨口問我要不要去他公司工作，我想到你，我就毫不猶豫答應了。我一直在等你注意我。每一天，我看你穿過那扇門，經過我的座位，走向你的桌子，我的心就像頭小動物拚命要跳到你腳下，求你一點寵愛的眼神，最好伸出你的長指頭撫摸我。但，你始終沒如我願。你看也不看我一眼。你的注意力一直集中在憲哥，只他一人身上。」

我以為她知道。

但她並不知道，因為接下來她說，「你是工作狂，你知道嗎？」

「我知道。」

「你該注意健康。」

「好。」

我們安靜了很久，主要因為我不曉得該說些什麼，而她在等我說些什麼。遲疑與等待之間，午後的光影很快消逝。我問她要不要一起簡單吃晚飯，我們去了隔壁巷子的廣東館子，點了燒臘和芥蘭。她咬不動芥蘭菜的粗莖，我要來刀叉，幫她剁短切半。跑堂的中年大嬸嘖嘖稱讚，要她快點嫁了，這種男人去哪裡找。瓊瓊說，她想嫁，人家不娶呀。大嬸唉喲一聲，你看你們多速配，男斯文，女甜美，生出來的孩子一定漂亮，趕快趕快。我笑，好好，趕快結婚，馬上就生。對對對，大嬸撮合了姻緣，滿意地走開。

我陪她走去捷運站。她告訴我，她想像過無數回如此的畫面，我們成為戀人，我們約會，我送她去搭捷運。

「這不是我的作風。我會直接把妳拎回家，明天早上為妳做早餐。」我逗她。

瓊瓊伸手拍了我胸膛，笑得前搖後傾。她沒料到我們會聊那麼久，她以為我們之間應該沒什麼好聊的，因為我是一個很悶的人。

「但妳想跟我在一起。」

「對，我想跟你在一起。」

「為什麼呢？」

「因為人們潛意識裡都想要自己得不到的東西吧。曉雯姊要憲哥，憲哥要莉莉，我要你，我不知道莉莉要誰，但肯定不是憲哥。」

我微笑，為了這個俗爛的人生結論。此時此地，從瓊瓊口中說出來，如此恰如其分。當死亡都能拿來臉書直播，俗爛為何不能是我們這個時代的印記？

我在捷運站口擁抱了她。她的肩頭抽動，將頭埋進我的頸肩之中。旁人肯定以為我們是一對遲遲不捨得分別的情侶。我們如此貼近，但心理層面又彷彿隔了一整個世紀般遙遠。

「一切好真實，」她呢喃，「但不是真的。」

「也許是真的。」

「何謂真，何謂不真，已經搞不清楚了。我想我之所以還能輕輕鬆鬆恨曉雯姊，因為她的死亡發生在虛擬的世界裡，對我來說，恍然如一場夢，好像只是看了一場電影，還是實境真人秀，雖然逼真，畢竟是虛構的。對剛剛那位大嬸來說，我們是一對已經訂婚的恩愛情侶，誰能說她感受到的真實，不比我們的真實更真實。」

「真實不是感受來的，而是事實存在。」

「真實向來是一種感受。我感，所以我知，因此構成真實。」她說。

「你覺得。」

「我覺得。」

我沉默盯著她，她回看我，看了一會兒，噗哧笑出來。

「你老不說話。但我就愛你沉靜的眼神，裡頭炯炯悶燒著，好像有什麼神祕力量藏在你的胸腔內，隨時會爆發出來。喂，其實你愛我的吧。」

我笑了出來，是，我愛妳。輕輕推她往月台，去吧，今晚偶像劇演夠了，我要回家睡覺了。

回家途中，捷運一站站奔過，我在列車的玻璃窗上看見自己，一張毫無特徵的中年人面孔。腦海不斷縈繞著曉雯對我說的最後一句話：「沒有他，你什麼都不是。」

或許吧。虛擬世界裡，人際關係的建立與斷裂只是一個指尖滑過的動作。現實生活中，瓊瓊與我站在月台的一個擁抱卻需要多少時光與幾次機緣的涵養，從初次相遇、同事之間的日常摩擦到彼此終於達成某種形式的諒解，並不是一個表情符號就能簡單交代的生命歷程。

妳以為，沒有了李憲宏，我什麼都不是；但，沒有了我，沒有了妳，李憲宏恐怕也什麼都不是。至少他會變成另一個男人，不再是過去的自己。社會就是這麼回事，長期共同扶持生活之中，互相完成了彼此的存在。即便活在一個高科技的時代，我們每天面對的似乎只有一個面板，所有的社會關係都隱藏在按鍵之後，我們依然比想像中更需要彼此。

然而，曉雯姊，我卻不需要李憲宏來定義我，如同妳也是。事實上，我最迫切需要的自我認同就是不需要他人來定義我。我接受我自己，就像接受四季的變化、地球的公轉。我的人生沒什麼重大的追求，唯一勉強稱得上的信仰堅持只是保護我個人的內在生活。

我不願符合一般俗成的道德默契，一輩子最想做而且拚了命在做的事就是逃開他人的期待。我不認為我需要對誰懺情，向無名大眾交代任何事，尤其在網路上。對我來說，任何形式的公開告白皆是一種矯情的展演。我那飄忽迷離的國族認同，我那曖昧不清的性別，我那活在世代夾層中的無奈，我不曾要求這些與生俱來的人生負荷，但我默默承受了，視為生命旅程的必然，而接受了。我不介意像躺在深山森林的石頭般活著，與萬物和諧並存，任風霜雨淋，石的堅硬核心始終不受磨損。

我珍惜能夠沒沒無聞地生活的權力，而我嚮往的社會理想就是能保護我這份卑微願望的任何制度。由我來分辨並安排自身生命的優先順序，而不是政府、體制、師長還是情人來指示我。如果有一天，我必須像妳一樣跳樓，我希望我是為了自己而跳，不是為了李憲宏，不是為了我不認識的網民，不是為了所謂的世界。

當我全心全意擁抱曖昧，以為變幻才是事物的本質，妳仍想釐清真相，以為世間仍該黑白分明，萬物仍有來龍去脈，縱使，我們活在一個匿名的網路時代，真相早已像一面摔壞的鏡子，裂成好幾塊事實，每塊事實皆有自己的形狀，反映了不同的視角。但是，曉雯姊，當妳活著的時候，妳一直住在灰色地帶，事情從來沒有清楚乾淨過。妳二十幾歲開始就做了一個男人的情婦，妳知道他有長期女友，仍選擇跟他在一起，妳與他共創了事業，站在他身後，目睹各方女性對他投來的熱烈愛慕，忍受她們對妳的惡意嫉妒；之後，他拋下了妳，跟另一個新世代的年輕助理結婚生子，妳沒有離開，選擇了留在公司，在那棟綠色玻璃帷幕的商業大廈裡，扮演他的辦公室妻子，為他經營他的名聲、他的財富。妳永遠無法公開與他同進同出一間公寓，或恩愛手牽手去看場午夜電影，但，妳每週六上午親自去市場挑選一隻鮮雞，邊熬雞湯邊在妳的客廳練瑜伽，週日上午帶著這鍋親手熬的雞湯，像一名孝順的媳婦去山上的養老院，探望男人的年邁母親。中國開放市場之後，從小喊反共口號的妳馬上跟著憲哥去大陸，你們滿口讚嘆大陸多好，年輕人都多優秀，批評台灣多麼落後不爭氣，卻依然選擇住在台北，沒搬去北京，你們說你們不愛錢，下一代不像你們當年那麼有理想性格，沒事就順口咒罵台灣的政治腐敗，對中國大陸的人權狀況卻從來不吭一句，只有默默將大陸撈來的熱錢全換成外幣，買了台北的豪宅和美國的股票。妳從來沒有選擇真相，在網路逼妳面對妳的現實之前，妳一直活在互相矛盾的謊言中，而且妳活得很好，說不定有點快樂——我希望妳至少是快樂的，因為即使不倫，那也是妳挑選的，甘願犯的。妳的人生或許在他人眼中是個謊言，但，卻是妳經過一連串自主選擇所精心拼貼、剪裁、縫製而成的人生袍子，就算長了蝨子，妳依然視之華美，每天穿在身上。因為那是妳的。任何人露出不贊同的眼神，在網路上發意見，那是因為他們把別人的人生當作一部好萊塢電影在消遣，所以不關己事地輕鬆評論，而他們的觀影意見其實在藉機抒發自己人生的牢騷、發洩對世界的不滿，妳只是箭靶場的靶子，供他們練習他們想像中的革命。

曉雯姊，我第一次見到妳時，李憲宏要我喊妳曉雯姊，雖然妳不比我大幾歲，只因大家都這麼叫妳，他自己人前人後也是如此稱呼妳。據說台灣人因為不知道怎麼稱呼值得尊敬的女士，才把每個稍微年長的女人都加了姐字，姐來姐去，看似尊稱，其實就是將妳的性魅力下架，因為妳不是妹了。當「大叔」意味著頗具品味的成熟型男，喊起來帶點戲謔的親切，「大嬸」卻是用來直接揶揄女性，直陳她俗氣沒藥救，體形走樣而且沒見過世面，上了年紀還是只懂得生物層次的需求。李憲宏快六十歲才變大叔，妳從二十幾歲起就是大家的曉雯姊，過了四十歲之後妳成天提心弔膽自己飄嬸味，人生對妳來說，只剩下節食養生、運動保持身材這件事，但無論如何，妳還是大家的曉雯姊，李憲宏身邊那個忠心耿耿的大嬸。

我從沒機會直呼妳的名字，曉雯，妳已走了。

我後來才知道網路也找上了我，想掀底我的真面目，只是我人在上海，渾然不知。他們說，我是李皇帝的貼身護衛，為他擋子彈，專門替他打點齷齪事，所以他能在人前落個磊落。我是李憲宏王國的大內高手，見影不見人，但王國裡的一草一木、一亭一樓皆隱隱流露我出手的痕跡，不是他的妻子也不是他的情婦、而是我一手打造了李憲宏。我是他的策士，他的大腦，他的手腳。流言說，我們有特殊性關係。網路樂了，不斷重複、轉載這句雙關語。好像兩個男人在一起是件可笑的事。傳到了後來，人們堅信，他去大陸發展是我慫恿他，他那篇彆腳的自白書也出自我之手。我是幕後的主腦，我才是傀儡的主人，我是神。曉雯跳樓，他們說，若不是直接出自我手，我也間接推了一把。

曉雯，妳瞧，故事永遠在發展，死亡殺不死人類的想像力。

我上街去買雜貨。一個人在城市生活，就要照顧自己。冰箱裡不能沒有幾顆蛋、啤酒和牛奶，冷凍水餃、肥皂，刮鬍膏、衛生紙和洗碗精，我按照清單從架上取貨，排隊付錢，隊伍進展很慢，前面是一個臀腰渾圓的歐巴桑，像顆馬鈴薯，染了一頭紅髮，回頭對我微笑，碎念這裡的服務向來太慢，工作人員不夠認真，老在聊天，有時還找錯錢，而且態度不好，我跟著隨口附和了兩句，嗯嗯。後面有名眼鏡中年男子，格子襯衫、米白西褲，像任何一間中小企業的普通職員，原本神情祥和，斯斯文文，低頭在滑手機，聽見了我們的對話，抬頭與我對望，神色突地暴躁，齜牙咧嘴，我以為他要揍我，結果他越過我們，揚聲朝櫃檯收銀員吼叫，喂，你們在幹嘛，沒看過像你們服務這麼爛的超市，不想做生意是吧，給你們錢你們還不趕快收，在拖拉什麼，快點快點，浪費顧客的時間知不知恥啊，我待會兒回家就上網給你們最爛的評價，黑掉你們，號召大家都不要來。

隊伍動了起來，周圍一切景色由慢動作變成快轉。但，眼鏡中年仍亢奮得要命，好像上了發條的機器娃娃，停不下來，他拿起手機，開始拍攝。他先拍了超市內部，接著拍我們隊伍有多長，接著開始拍收銀員。收銀員掩不住慌亂，她開始算錯帳，同一包綠豆，她怎麼滑過機器，就是讀不到條碼。那支手機的鏡頭就像支長槍頂著她的額頭。我的心情全壞了。

當男子露出近似得意的眼神，我出手輕輕推開他的手機。

「先生，不要這樣子。」

「喂，做什麼。我這是蘋果，很貴的。」

「你看她懷孕，動作難免慢一點。」

「我是在幫大家爭權益。」

「我明白。但你看看她，肚子那麼大，」我轉頭問那位孕婦幾個月了，她滿臉懼怕，膽怯地小聲回答八個月，「八個月，馬上就要生了。大家互相體恤一下。今天是週日上午，我想大家都不急吧。」

「她要生了，她就該回家待產，還來上班幹嘛？因為她想要多賺幾天錢，就是為了錢！對吧？既然想要賺錢，那就好好工作，我們顧客的權利不能受損！叫我體恤她，可從沒誰體恤過我！我生病也是要上班，老闆從來不管我斷了手還是斷了腳，客戶訂單還是一直來一直來，我就是得拚命工作。賺錢就這麼回事。她想賺錢，她就要工作。」

我說我不知道你的工作環境，我很替你感到抱歉，今天排隊付帳的隊伍是長了一點，大家平常都忙，只能週日買菜，人擠難免心情浮躁，但不是什麼致命的大事。歐巴桑插嘴，別再吵了。我說，我沒在跟他吵。歐巴桑說，以和為貴，你們別再吵了。我強調，我沒跟誰吵，事實上我是和事佬，我企圖在消弭衝突，希望大家都好。歐巴桑伸出手來，一副好心地拍我的肩膀，好好好，別生氣喔，別生氣。她好似哄小孩地拍個不停，我真地生氣起來了。眼鏡中年繼續朝我怒氣沖沖地叫罵。孕婦收銀員始終眼眶泛紅低著頭，此時抬起來頭，左右觀望我和眼鏡中年。她已經完全不在事件中，成了路人甲，看著我的眼神，好像在上網滑手機。
超市經理出現了，他什麼話都沒說，開始動手幫忙他的孕婦同事，態度熟練而實務。結帳速度迅速加快，一下子就輪到我。就在我簽信用卡時，那名眼鏡中年叫出來了，我就知道是你。你就是那個李憲宏的助理，跟他有特殊性關係的那個。他又把他的手機拿出來。這次對著我拍。
「我就說嘛，你看起來不男不女，一定有鬼！說啊，為了滿足私慾，你都跟著李憲宏做了什麼見不得人的勾當？」他一臉所向無敵，神氣兮兮，彷彿做了什麼了不起的成就，此刻就是他人生的最高峰。
準媽媽微張著唇，專注想要在我臉上找出什麼細胞病變似地盯著我看，超市經理放下手邊正要刷條碼的高麗菜，歐巴桑四方追問旁人什麼李什麼宏，人們慢慢聚攏，我好像是什麼誘人的減價商品，店裡全部眼睛集中在我身上，打量著我，估計著我值不值得那個價格。經理的手指無意識動了動，彷彿正在手機上按讚。我抓起我的購物袋，大步往外走，丟下背後騷動的人群。眼鏡中年還在大喊大叫，我只能充耳不聞。

我將買來的雜貨塞滿我的冰箱，到了晚上，外叫披薩。半夜，我把那些雜貨又從冰箱掏了出來，丟進一個大型黑色塑膠袋，捆綁了口子，丟到大樓垃圾間。

整夜沒睡，天微微亮，我開車去到城市的邊緣，通過一條黑暗的隧道，越過中央山脈，沿著太平洋邊緣一直一直開，高闊天空之下，躺著高聳的翠綠山脈，蔚藍的大海被風反手拂過，便翻出銀色的鱗片。直到了花蓮，我才下車休息。吃了點東西，買了牙刷牙膏，我繼續往南，直到我看見海邊那間藍白相間的小店。典型台灣鄉下屋舍，水泥砌成的兩層樓，像個盒子似的，外牆刷得雪白，窗框藍色，店門大開，裡頭牆面漆成鵝黃色，有一條綠色的長櫃檯，擺了三張形狀各異、大小不同的桌子，椅子也各個樣子，有鐵椅子、木餐椅、扶手沙發和長條椅凳，家具似乎是撿來的，拼湊而成，卻奇異地給予一股自然和諧的舒適感，讓人看了一眼立刻想坐下去，什麼都不做，只是好好喝一杯茶。店面不大，後門也敞開，直通大海，框出一幅顏色鮮豔的海邊風景。我喊了幾聲，無人應答，只有海風懶洋洋撥撩著簷下風鈴，我轉身看著櫃檯上的瓶瓶罐罐，咖啡壺、平底鍋、盤子和帶耳的瓷杯，靠牆小冰櫃裡的啤酒和軟飲，突然覺得好渴。我往前往後起勁喊，有沒有人在。

樓上揚起男聲，拖鞋噠噠由遠而近，一名樣貌年輕的男子下樓來，面容斯文、膚色黝黑，肌肉精實，他看起來不像清晨捕魚回來正在午後補眠、或是整個下午衝浪之後剛剛沖涼完，也不像忙於打掃房間、修理水龍頭之類，他穿著T恤短褲的方式就像一名都市人在家休息的模樣。

「老闆，一杯咖啡。」

「我不是老闆，因為這裡是我家，不是咖啡店。」

我唰地臉紅了，「抱歉，我以為這裡是咖啡店。」

他笑了，「沒關係，常常有人誤認。」

「我真的很抱歉。」

「沒關係。你台北來的？」

「嗯。」

「台北來的人，看見藍白相間的房子就自動以為是民宿還是咖啡館，因為對他們來說，藍白就是地中海風，那是一種偽裝的浪漫情調，專門用來勾引客人上門，所以一定是商家　。」他走向我，握我的手，「叫我阿傑。」

「我是阿榮。」

「想喝咖啡，是嗎？」他走到櫃檯後面。

「不了，我走了。對不起。」

「留下來，別擔心。我家很舒服，我煮的咖啡還不錯。」他輕眨右眼。

太陽開始西斜，絢麗晚霞染紅了海面，咖啡香味四溢，他端著咖啡，往後門走，示意我跟著他。一小塊樸實的水泥地朝向大海，放了一張熟鐵打製的雕花桌子和幾把鐵椅，潮水正澎湃上岸，彷彿傳說中一頭飢餓的巨獸正在享受晚餐似地，大口大口貪婪吞食土地。他笑著說，他忘了問我這麼晚喝咖啡，晚上會不會睡不著。我點頭，可以可以，我喝。他拿什麼給我，我都會喝。

我喝咖啡，瞇眼眺望遠方逐漸黯淡不清的海平線。風變涼了，帶點星光的清冷。他一人住在這裡，在鎮上教國中英文，學生們常來他家裡玩，桌椅都是準備給學生的。家具由他四處撿拾來，但屋子並不是他裝潢的，他本以為他可以自己動手整理屋子，沒一個禮拜，便狼狽地爬到小鎮上，請求其他鎮民幫忙。來了四、五個鎮上的壯丁，沒幾天就完成了，裝了熱水器、還有網路。現在他也會去其他人家裡幫忙。他起初能做的事情不多，現在他會粉刷，還會修理摩托車以及腳踏車。句子與句子之間，他洩漏了他的異鄉人身世，但他似乎沒有打算要告訴我一個關於都市人如何逃離都市的故事，也沒說什麼蝕骨的悔恨仍在背後追趕著他，令他要逃到這裡來，一人獨居在海邊。哎，說什麼異鄉人呢，他剛剛說了，這裡是他的家。他口吻平淡，描述他的日常生活，說著說著，我們已經在吃他煮的麵條、兩條煎魚以及一盤青菜。

我狼吞虎嚥。他觀察我，問我夠不夠。我坦率說，不夠。他又炒了盤炒飯，切了黃瓜絲，我一下子吃個精光。

「開車很辛苦，你一天沒吃了？」

「嗯。」我不想講，我喜歡的是他做飯給我吃。

「你把我的存糧都吃完了，我明天又要去買菜了。」

「我陪你去。」

「好。」

就這麼自然。有了關於明天的承諾，我靜下來。心情被海風吹開了，非常舒暢。

海邊的夜色從來不是全黑，而是浩瀚的藏青色。雲霧擋住了月亮，星星沒有出來，四下只聞幽靜的風聲。

快到半夜。

「我已經好幾個小時沒看我的手機了。」我說。

「我還在想，這個人不一樣，他從下車到現在，都還沒有打卡。」

「我忘了。像一名本來每天需要抽兩包菸的癮君子，今天從傍晚到現在，我卻忘了抽菸。」

「有更重要的事情吸引了你的注意力。」

「從來沒什麼真正重要的事。科技讓太多不重要的事變得很重要。原本，時空會像一條柔軟的薄紗布，以悠緩的方式，輕輕過濾掉事物的雜質，令真正重要的本質顯露。突然沒有了時空系統性地打磨拋光，萬事萬物宛如乍然驟降的土石流，從四面八方崩塌墜落，一下子就將人整個埋了，動彈不得，呼吸不到空氣，而且完全切斷了現實感。再也分不清什麼重要、什麼不重要，只覺得周圍一切都如同剛從山上滾落的石塊一般沉重，怎麼也無法掙脫出來。我仍記得，這個世界曾有一間屋子只有一具電話的日子，電話鈴響，一定要有人起身，走到那具電話前，拿起話筒應答。因為線路固定，電話不會移動，每個人要講電話，就要走到那個特定的房間。還未與對方交談前，你不知道對方從哪裡打來，不會馬上知道他的身分，對方只是一個聲音，像唱盤放了一張唱片一樣朝你耳膜傳遞，他並不會以切換模式突然就來到你的面前，硬生生轉換了你的時空，當你講電話時，你還是在你的時空裡，秋天就是秋天，清風就是清風，陽光就是陽光，周圍的光線並不會因為你們正在通話就改變了。有時候——甚至我會說，大部分時候——電話鈴響，旁邊若沒有人聽見，它只能獨自地吶喊之後獨自地無聲無息。在那個整間屋子只有一具電話的年代，不被聽見似乎天經地義，不立刻被找到也沒有人責怪你。時態被容許延緩，事物得以慢慢顯露它的本質。而今，人手一具電話，相當於全世界充滿電話鈴響，鈴鈴鈴，嗶嗶嗶，嘿，嘿，你在嗎，嘿，說話呀，你聽見我在對你說話嗎。我們現在活在一個到處都在鈴響、每具電話都同時吶喊的屋子裡。所以，不僅是速度令人喘不過氣來，也不光是時空互相干擾，使得人失去了判斷事物優先順序的能力，而是人們從渴望看見世界、傾聽世界、變成了渴望世界看見、世界傾聽。現在網路上充斥了喃喃自語，資訊失去了客觀性，只剩下自以為是的意見，企圖充當事實，在世上闖蕩，而人們就像漫不經心在逛大街的觀光客，誰給他們免費的傳單，他們就順手收下，以為自己正在認識這座城市。」

他微微點頭，沉默。

「你用臉書嗎？」我問。

「我不用任何社群軟體。」

「你這個年紀，很少見，」

「你看我的手機。」他翻出一支按鍵式手機，沒有觸控式螢幕，「我太小氣了，不肯花錢。」

「難以相信。」

「但我用電腦上網。」

「就不會是無時無刻了。」

「對。」

「你不覺得你需要？」

「我習慣了。」

「我無法想像你怎麼辦到的。」

「我曾經在海上工作四年。」

「漁船？」

「不是，海上鑽油井。我學機械工程出身，當完兵一時不知要去哪裡，我在日本旅行時，認識一名日本人，他正要去墨西哥灣工作，問我要不要一起去，我還沒來得及細想，就聽見自己說好。關於海上鑽油井的生活，我之前一點想像都沒有，不知道那份工作是什麼概念。結果去那裡，比當兵還苦悶。三個月才輪班一次，九十天皆面對無盡大海，周圍只有風聲，以及早晚光線的變化，唯一樂趣是看見海豚群每隔幾天游過。罐頭肉，冷凍蔬菜，終年空調，沒有娛樂，就那幾張影碟，反反覆覆觀賞，台詞都會背了。我那幾年倒是看了不少書，不是因為我喜歡看書，而是看書很慢，時間容易消磨。翻著一頁一頁紙張，好像人生很篤定，而不是漂浮在海上。當時跟外界接觸的唯一管道是上網。很多人打網路電話回家，找妻子、找女友，找上一次休假時在岸上睡過覺的女人，我沒人可找，只能逛網路，這件事一開始會沉迷，後來就很膩，很想吐。因為你的指尖越容易從螢幕上召喚出其他的時空、不同的臉孔，你越明白，那個世界離你有多遠，多麼不真實。她不但不屬於你，而且早已把你忘記，你的不在，她無動於衷，繼續向前奔跑，多采多姿地活著。你於是領悟這個世界並不愛你，久了，你也死了心，你也不再試圖聯繫她。」

「你又為什麼回到岸上？」

「不是我的選擇。我是兩年一聘，這些年石油價格疲軟，石油公司爆危機，大幅度裁員，我沒得到續聘，只好走了。」

「不然你不會走？」

「我後來習慣了那種單調的人生，不確定自己還可以回到人的世界。」

「公司不續聘你之後，你就來到這裡定居？」

「我先去晃了一圈。我在鑽油井工作時都沒怎麼花錢，因此存了不少。大概一年時間，我到處旅行，去了北非，待在突尼西亞，去了柏林、伊斯坦堡、加德滿都，最後一站是胡志明市，才回到台灣。」

「去了突尼西亞，為什麼？」

「油井上一起工作的同事。他回家，我跟著去。」

「那為什麼最後回來了？」

他安靜了很久，才吐出一句：「也沒什麼真正的理由。」

「是嗎？」

「而且，台東也不是台北。同一塊島，兩個國度。」

「習慣嗎？」

「沒什麼習慣不習慣。油井那四年訓練我活得像條狗，很簡單。我要的不多，住哪裡都可以。住在台灣，總是比住在突尼西亞容易，至少語言不是問題。好笑的是，我每回出現在台北，我的朋友都以為我剛從國外回來，因而露出羨慕的眼神。他們不明白我過去十年過什麼樣的生活，他們總認為我四海為家，住在他鄉，而他鄉永遠是美麗而富裕，周圍全是有趣的陌生人，過著無憂無慮的日子。我驚訝人們對其他人的生活誤解這麼深，恨不得找到各種機會自憐。他們老是羨慕我的無拘無束，我說那是因為我錯過了進入社會的時機，我因此沒有房子、沒有家庭、沒有車子，沒有你們建立起來的中產生活。他們就會打斷我，喔，你不要再說了，你太令人生氣了，你命那麼好，不像我們可憐人，要付房貸、還要養孩子。所以我不愛回台北，雖然我是台北人。那種強烈的競爭意識，不斷互相比較的心態，人生只能是統一的中產標準，讓我很痛苦。我完全不能忍受。」

我的第六感突然跳了出來，我認識眼前這個人。前方大海只剩一片漆黑，看不見海浪，只聽見浪濤強力拍岸，夜風越吹越狂，吹得我耳朵發癢、身子發冷，卻也吹散了那一片沉沉壓在我心頭的霧霾，桌上散著啤酒瓶子、蠶豆酥和牛肉乾，談話舒緩，不著邊際，句子接著一個句子，將隨著黑夜的疆界，飛到比遠方更遠的遠方。我以為我跟他兩人有股相見恨晚的熟悉感，不由得有點愛上了他，其實是因為我見過他，我在瓊瓊或什麼其他人的臉書上見過他。阿傑，那個阿傑。在故事一開始時，我這名作者已經想像並勾繪了他和林莉蓮一起走在台北街上的模樣。我覺得他面熟，並不是因為他是我什麼前世的情人，而是因為在腦海中，我驚訝於林莉蓮走在他身旁時的容光煥發，像個孩子般蹦蹦跳跳，好像她終於達到某種幸福的巔峰，不能再更快樂了，我記得自己在想，那應該就叫做愛情吧。他的臉孔代表了純粹的情愛，與其說我愛慕他，不如說我愛慕愛情的臉孔。

好吧，我知道他是誰了，雖然他是誰根本無所謂。在彼此不察覺身分的情形下，過去幾個小時相處多麼愉快。路上隨機認識的人，往往比朋友圈子介紹的人還真誠，因為雙方碰撞的場合缺乏了上下文，脫離了社會人脈的計算，你認識他不是因為他是誰的誰，你跟他聊天也不是為了得到什麼世俗的利益，你碰見了他，就像兩片無力控制自我命運的落葉，隨風飄蕩，輕輕碰上了，又因為彼此都那麼輕飄飄，誰也不能制約誰，下一次風起，只能各自上路。網路初期開始時，也是如此吧，人人匿名上網，躲在鍵盤後頭，隨意閒逛，每點開一個連接，又是另一全新的花花萬象，世界不是突然變得很大，而是突然變得很多，若一個世界是一朵花，網路就像春天的原野，繁花如星遍布，無窮無盡到天際。每個世界各自獨立，互相平行。你見識了無限。

也或許，正是這種無限，令人感到恐慌。有人提議，網路需要「門房」，幫你事先過濾你可能需要知道的資訊，替你先搜尋好你應該結交的朋友圈，種種看似貼心的動作很快就提醒了人們過去威權的陰影，菁英如何獨佔知識的專業性，操弄資訊的散布。網路打破了智識的壟斷，讓溝通變成平行，照理網路有利於民主，因為階級無法生存，威權難以建立，但，沒有人在前方點燈引導，人們卻容易感到惶恐，自由彷彿一片看不到盡頭的黑暗，人們不曉得要怎麼在這個網路新世界求生，看似一個知識爆炸的科技新紀元，卻也同時是網路初期發展的洪荒世紀，放眼望去，仍是尚未開墾的蠻荒之地，害怕的人類於是伸出手，緊緊拉著旁邊的另一個人類，那個他稱之為朋友的人，左邊拉住右邊，右邊拉著左邊，一個拉一個，逐漸拉成一個舒適的圈子，人們待在裡頭感到安全。社群軟體讓人類拉手。網路原本讓陌生人碰撞，社群軟體讓熟人圍成圓圈，形成屯墾部落，人類於是又回到最古老的部落形式。你只信任同一部落的人，你信賴一個人只因為發自你腹腔深處的動物直覺，部落的集體意識成為你在世上生活的羅盤。大多數人又開始霸凌少數人，因為他們誤認人多勢眾就是民主，不願意服從大多數人的人於是又變成了異端，必須遭到社交放逐。

而我夠老，我依然記得上個世紀末的自由滋味。當時柏林圍牆剛倒，人類剛從集體社會釋放出來，被鼓勵到處遊走，手機才出現，人們只是欣喜地發現彼此，好奇對方，身體的感知能力仍是重要的，閱讀依然算是一回事。人們嚮往的是快樂，而不是娛樂。無聊從來不是一個問題，如何耐煩則是一份應當學習的能力。

住在台灣東海岸的年輕阿傑之所以特別，因為他依然耐煩。他待在自己的角落，保有他全部的個體性。他的雙眼澄淨，看著你的方式非常安靜，看你看得清清楚楚，而且毫不閃躲。他似乎不介意你的沉悶，沒有百般探聽你的憂傷以表現自己的善解人意，沒有一刻試圖度量你的身價。我不覺得他意圖變成我的好友，卻因此引起了我想要接近他的欲望。

然而，我猜到他的身分之後，我的腦子卻再也無法像幾個小時前那般清明乾淨。所有我想遺留在身後的牽絆、人生的包袱、無用的煩惱，統統又回到我身上。我開始懷疑，人真的有可能拋開一切，什麼都不再掛念？換個時空，我就真的變成另一個人，能夠重新開始另一套新的生活？天天游走電腦螢幕，跳來跳去，我就不是原來的我？

我突然想起阿傑剛剛描述的海上鑽油井。若網路是大海，而人人皆是一座島嶼，大海將我們連接，或者，這片大海也同時分開了我們。然而，最深底層的海水之下，我們這一座一座海面之上看似獨立遙遠的島嶼，卻根連在一起，居於同一個地球。

我應該告別。假裝忘了關於明天的承諾。但我捨不得友情剛剛萌生時分的甜蜜。我掙扎著，不曉得要不要與他互換聯絡方式，說一些話，像是來台北記得找我、我再來看你、其實台東到台北很方便、說不定以後我也搬過來台東之類的，你用什麼軟體，我們換一下，保持聯繫，這類當事人都不相信真心的場面話。

我選擇不說什麼。

我只問，附近有沒有旅館。有間民宿，有點晚了，他先幫我打電話問問。他回去屋子，五分鐘後出來，那間民宿滿了，沒有房間，問我要不要留在他這裡過夜。上面有張沙發。我猶疑了兩秒，告訴我還是往回開，大城市裡，火車站旁，應該仍有旅館。他沒有留我。他面對我站著，周圍只有屋子裡透出來的光，打亮他的左半臉，我注意到他的左嘴角有到細微的疤痕。但我不問疤從哪裡來。不是每個故事都需要暴露，有時也可以深埋在時光岩層裡，當顆永不出土的鑽石，藏起熠熠光輝。他與林莉蓮走在台北街道，就像我現在深夜與他站在海邊，沒有被記錄在虛擬雲端，不表示沒發生過。其實，我們的人生就算分分秒秒記錄下來，也不表示真正發生過。

我離開了他。開始往北走。我沿著黑夜的邊緣疾馳，腦子裡翻滾著各種思緒。當車子經過東澳時，大海已經變成乳白色，天邊白雲反射鱗鱗銀光，我停下車子，去市場喝上一碗熱騰騰的魚粥。

再穿過一條黑暗的隧道，我立刻回到了原來的生活。我渾身上下每根骨頭、每條肌肉都明確感知，我這輩子再也不可能與他有關。縱使下次再見，此情此景難再。

隔了一陣子，新聞報導中國政府開始在路口架設攝影機，裝置臉部辨識系統，布下天網，配套社會信用體系，監控每個人，替每個人打分數，不少都市中產階級大力歡迎這個制度，因為他們堅信自己是好人，不做壞事不心虛，完全不用怕，而且自己的權益還會因此受到保障，將來申請房貸、小孩上學都有好處，系統不可能出錯，只會剔除所謂的壞人。在台北南海路，我用我最原始的臉部辨識系統，兩隻眼睛，看見她從植物園出來。她牽著一條淺黃的秋田犬，白襯衫、俗稱男朋友的寬腳牛仔褲，一條細細的金項鍊，珍珠耳環，戴著一頂白色棒球帽。那天氣候特別清朗，悶熱了一週的城市，空氣終於乾爽，高高的藍天布滿大片魚鱗雲。恍然之間，我以為是曉雯姊又活過來了，仍在台北市敦化南路上班，吃小籠包、喝紅酒，和朋友去爬山，在山上吃野菜熱炒，每天吞酵素和魚肝油，時常去腳底按摩，靜靜過著她體面而溫柔的中產生活。她心不在焉地朝我的方向走來，一邊走，一邊講電話，她的秋田犬溫馴地跟著她的緩慢步伐。

正要擦身而過時，我喊住她，莉蓮。她沒有掛掉電話，頭仍歪著，彷彿架在手機上沉思，側身轉向我，眼神平靜，不透露任何心思。就這麼站著，我們誰也沒先開口。

據說詩意翩翩的魚鱗天是天氣即將轉壞的前兆。我上網搜尋來的。

〈後記〉

這本書的書名改了好幾回。起初，書名為「斷崖」，想要描述網路時代，每個人都站在自己山頭上，彼此看得見對方、卻被懸崖深谷所隔絕，聽不見互相的呼喚，也想藉此探討網路造成所謂的世代斷層現象。而後，我想改成「我們之間」，為了更直接指出網路如何改變了人與人之間的溝通模式，因此也改變了「我們」相互接觸、溝通的行徑，改變了人際關係的形式與內容，進而改變了社會觀念、人性價值的優先順序，勢必會形成新的社會景象、以及關於人類未來的想像。之後，終於改成「群島」，靈感當然來自英國詩人約翰・多恩的名句，「無人是孤島」（No man is an island.），在我想像中，島嶼看似各個孤立，但，海面之下，終究是相連一片，而網路是大海，海洋究竟連接了每座島嶼、還是隔離了每座島嶼，於是回歸了我動筆寫這本小說的初衷。

三年前我回到香港，重新進入台灣職場環境工作，也是多年後再次近距離觀察台灣人情，隨手在雜誌專欄以每月五千字的速度，連載了這本小說。那段日子過得低谷，寫作依然是我人生的磐石，我一邊虛構故事，一邊也默默反映了發生在我周圍的時事。我向來對當代充滿興趣，因為我篤信一名寫作之人唯有誠實面對自身時代，才能寫下萬物的真相。但網路千變萬化，分分秒秒都在改變，我前兩年還在觀察的臉書文化到了成書出版的今日已逐漸退了流行，我不確定這些文字是否依舊扎實有用，因此我設定放棄出版這本小說。但，在好友黃心村的力勸下，我接受了寫作是一條漫漫之路，寫作者只能不斷地寫，一步一腳印，在身後留下一條路，不知是好是壞，總之是當時的寫作紀錄，僅是提供讀者參考。也謝謝大學好友林思平，因為直接撰寫當代文化向來是危險的一條路，本書完稿之際，忙碌的她特別抽空當我的第一個讀者，給了我幾點有用的建議。要特地謝謝初安民先生，在那段困難不順遂的日子，慷慨提供我一方文學園地，在《印刻》雜誌每月連載這本小說，成為我心靈的綠洲，讓我得以保持一點真我。當時的印刻雜誌副總編輯丁名慶先生月底收稿辛苦了，總是耐心等我稿件到最後一秒，包容了我習慣斟酌文字再三、猶豫不決、出手很慢的性格缺陷，名慶實實在在是這本小說的第一個讀者，沒有他在旁始終不放棄，不斷正面鼓勵，這場馬拉松長跑不會這麼順利完成。由衷感謝尉任之先生，特地全新刻製了一幅版畫作品，作為這本小說的封面，他美學品味高雅，為人舊時代作風，反映在他的文人畫風上，我很高興有此機會與敬重的朋友合作一本書。寫作是我一個人的事，出書卻要依靠許多人的善意與協助，謝謝秀梅與麥田出版社，就像富察與八旗出版社，一路支持我的文學寫作。多話不是我的性格，難得書末寫了後記，大概就暗示了出版這本小說有些心情掙扎的歷程，當讀者讀到這段文字時，書應該無論如何都已經出版，我也無可奈何了，只能希望這本網路小說會找到他的文學讀者。在這個滑手機的機械時代，但願文學不死。

群島

時代，你要往哪裡去——《群島》新版後記

我在這裡做什麼。

我算存在嗎。

GenAI若是一場來勢洶洶的世紀海嘯，面對摩天大樓般高的浪頭即將壓頂而來，我上哪裡去找一個十天內成為衝浪好手的速成保證班。

我環顧四周像我一樣的聽講民眾，每個人都一臉嚴肅，也可能皆因內心太迷惘以至於面無表情。

就在上週末，龐畢度藝術中心舉辦ＡＩ論壇，來了許多高科技專才、社會學

家、政府官員、數學家、哲學家，我們這些公眾坐在沒有椅背的長板凳，認真聽了四小時，沒喝一滴水也沒跑洗手間。活進ＡＩ時代吧，讓ＡＩ當我們的教育者，替政府治理我們，幫我們治病，為我們創造藝術，當我們的靈魂伴侶。最後一個上台的知識分子名氣很大，有一度他還競選法國總統，雖然沒選上，他一站到麥克風前就抱怨，多無聊這一切，什麼題目什麼討論，主持人嗆他，那你又來幹嘛，他回嗆，沒錯，我就是這麼問自己。他展開雙臂，像莎劇某個重要角色，即將創造歷史的華麗時刻，難道你們不知道嗎，ＡＩ就是屎。

不知道為何，他的這個金句，不論意圖驚世駭俗還是振聾發聵，竟沒能從聽眾之間引發一點笑聲，或嘆息。大概大部分人跟我一樣聽了四小時，還是沒能掌握衝浪科技的真諦。

我二〇一八年開始寫小說《群島》，新冠肺炎疫情發生之前。當時我隱約察覺我以往熟知的世界已不存在了。那時大家熱烈討論正在進行的社會運動以及即將發生的文化現象，我深深懷疑，人類社會其實有更根本的東西正在鬆動、崩潰、轉變也誕生，總之，徹底改變了；也就是說，等我們看見高山、島嶼、懸崖、谷地這些風土地貌時，那已是整個地球經過一場劇烈地震之後的結果。是因為科技改變了我們接觸知識的途徑，改變了我們進入世界的方法，從而改變我們對自我的想像，因此我們對那個如何能實現人生夢想的社會型態及制度有了新的看法，所以我們期待不同的社會實踐。

而因為網路，我們不再從上一代去得到知識與傳統，上一代不再扮演下一代的保護者、教養者，加上當今人類普遍長壽健康，上一代仍留在市場上，與下一代競爭資源，世代對話勢必變得嚴峻。

科技幫助我們迅速連接，建立不需要時空培養的親密感，同時，也剝奪了親密關係最重要的本質，就是緊密而長期的生命陪伴。科技主導的新世紀裡，人或許不孤獨，孤單卻未見得消失。

海明威說，「你只需寫一個真實的句子。寫下你所知最真實的句子」，這也始終是我個人寫作的最高原則。二十世紀時，我自覺是十九世紀的人，到了二十一世紀這塊新大陸，我睜大我的雙眼，像一名異鄉人來到新城市，我專心觀察從我眼前匆匆走過的路人，聆聽他們的對話，捕捉他們生活的片段，企圖去理解他們當一個人類的喜怒哀愁、希望與傷痛。《群島》這本小說是在我自覺抽離公眾對話之後寫出來的作品，也是我直視自身時代的省思。

但，二十一世紀的我畢竟是一名中年女人，由我來描述科技新世紀所發生的光怪陸離，實在太不性感了。身為上世紀養成的亞洲女性，我有個優點就是很有自覺，很願意看見自己的不足，對自己的想法總是再三敲打，對定論感到恐懼，因此寫完《群島》之後，起初我沒打算出版。朋友勸我，這就是現階段的你，你的程度在這裡，只能誠實地出版，和讀者分享。誠實，確實是我的底線。於是在麥田出版社的支持下，二〇一九年《群島》出版了。

寫完就要收到抽屜深處的一本小說，像一艘船原本靜靜靠岸，來了一陣清風，吹動風帆，將船拴在碼頭的纜繩結幾經拉扯，逐漸鬆了，在某個不為人知曉的清晨，就這麼輕輕巧巧，獨自航出了港灣。

風繼續吹，船越航越遠，形單影隻，經過一個一個宛如島嶼存在的讀者，跨越不同的海域，遇見這艘船的人用各種方法傳遞訊息給我，手寫的卡片及電郵、網路留言，或萍水相逢之際——像是午夜無人的台北捷運上，與我分享，他們遭遇了《群島》，看見了自己及其他人的生命處境，他們決定讓這艘滿載人類情感的船停泊在內心深處。我深深為之悸動。

開始有人想要再創作，以《群島》為基礎，蓋出新科技時代屬於他們自己的巴比倫塔。為《群島》提供畫作當書籍封面的尉任之先是來巴黎學習電影，這幾年都在畫畫，讀了小說之後告訴我，這本小說令他想要拍攝台北這座城市，他於是著手寫電影劇本。有一年，我去台北松菸誠品書店，看見店員將這本小說放在白先勇的

《臺北人》旁邊。

因為工作的關係，吳宗祐和我第一次見面。佛緣頗深的宗祐不碰江湖事已久，可能為了見我，他讀了《群島》。他告訴我，他很喜歡，我以為他禮貌，所以我也客氣地微笑。之後我離開了我的工作，他突然敲我，他想改編這本小說成影集。然後他就動手了。他很快找了劇場才子蔡柏瑋參與改編，跟我這名寫作者相反的，柏瑋在新世紀的標籤是性感的、時髦的，所以我萬萬沒料到他會答應宗祐的邀約。我們三人約在台北市忠孝東路四段的廣東餐廳飲茶，點了一桌點心，柏瑋拘謹，我彆扭，宗祐溫和、於是負責說話、活絡氣氛，桌上點心都涼了，茶也冷了，三個害羞的人什麼都沒吃，竟然記憶那是一場溫馨的聚會。

一開始我就表明了尊重對方的創作權。我完全知道小說和影視作品就是不同的創作，就像同一父母生的兄弟，就算長相氣質類似，依然是迴異的兩個人，擁有各自的個性和癖好。我喜歡的英國小說家葛林（Graham Greene）寫小說也寫劇本，每次在大螢幕看見自己小說改編的電影，他看都不敢看，覺得尷尬。那是一個全新的作品，另一個生命，另一艘船了，航向全新的遙遠海域，在原著作者的視平線之外。在我的不聞不問之下，宗祐當引擎，劇本完成，資金到位，劇組開工，新加坡導演呂吉元和蔡柏璋雙導演，金鐘影帝李銘順、新生代演員瑞瑪席丹等參演，如宗祐所說，那是一整座村莊的人都來幫忙的意思。

身為作者，佇立於海岸，我看著《群島》這艘船如何破浪遠颺，離我遠去，受到遠方人們的歡迎與喜愛。我沒養過狗，但我想像那些狗主人，擁有一隻可愛的狗，帶自己的狗出去散步時，每個迎面而來的路人都禁不住停下來跟那隻狗打招呼，摸摸狗的頭，拍拍他的身體，蹲下和他說話，離開時帶著微笑，對著狗飛吻道別。這個譬喻不倫不類，但可以說明我現在的心情，雖然是我寫了這本書，出版之後，《群島》已是獨立的個體，當一個讀者拿起那本書，開始閱讀，那本書已經屬於他的，不再是我的了。然而，當有人表示喜歡這本書，我感到滿足，且開心，覺得每天用心費勁梳理那些狗毛般的句子，使之在陽光下閃閃發亮，終於值得了。

大海隔開了我們，也連接了我們。我願意相信，在這個紛亂殘酷的人間，無人真正是孤島。文學讓我們彼此理解，加深對生命的信念，只要一點信念，路就能走遠一些，久一些。我曾經也依然這麼相信著。

寫於二〇二五年五月最後一天

國家圖書館出版品預行編目資料

群島/胡晴舫著. -- 二版. -- 臺北市 : 麥田出版 : 英屬蓋曼群島商家庭傳媒股份有限公司城邦分公司發行, 2025.07
304面 ; 14.8×21公分. -- (麥田文學 ; 309)
ISBN 978-626-310-906-3(平裝)
863.57 114006434

麥田文學 309

群島
Islands

作者 胡晴舫
責任編輯 林秀梅 陳淑怡
文案協力 丁名慶
校對 吳淑芳

版權 吳玲緯 楊靜
行銷 闕志勳 吳宇軒 余一霞
業務 李再星 李振東 陳美燕
副總編輯 林秀梅
總經理 巫維珍
編輯總監 劉麗真
事業群總經理 謝至平
發行人 何飛鵬

出版 麥田出版
台北市南港區昆陽街16號4樓
電話：886-2-25000888 傳真：886-2-25001951
發行 英屬蓋曼群島商家庭傳媒股份有限公司城邦分公司
台北市南港區昆陽街16號8樓
客服專線：02-25007718；25007719
24小時傳真專線：02-25001990；25001991
服務時間：週一至週五上午09:30-12:00；下午13:30-17:00
劃撥帳號：19863813 戶名：書虫股份有限公司
讀者服務信箱：service@readingclub.com.tw
城邦網址：http://www.cite.com.tw
麥田部落格：http://ryefield.pixnet.net/blog
麥田出版Facebook：https://www.facebook.com/RyeField.Cite/

香港發行所 城邦（香港）出版集團有限公司
香港九龍九龍城土瓜灣道86號順聯工業大廈6樓A室
電話：852-25086231 傳真：852-25789337
電子信箱：hkcite@biznetvigator.com

馬新發行所 城邦（馬新）出版集團
Cite（M）Sdn. Bhd.（458372U）
41, Jalan Radin Anum, Bandar Baru Seri Petaling,
57000 Kuala Lumpur, Malaysia.
電話：+6(03)-90563833 傳真：+6(03)-90576622
電子信箱：services@cite.my

書封設計 林祺泰 CHI TAI LIN
書腰設計 朱疋
書封版畫 尉任之 Yu Jen-Chih
電腦排版 宸遠彩藝有限公司
印刷 前進彩藝有限公司

初版一刷 2019年6月29日
二版一刷 2025年7月01日

定價／430元
ISBN：978-626-310-906-3 (紙本)、9786263109018 (EPUB)

城邦讀書花園
www.cite.com.tw